LE GRAND ET DERNIER SOLYMAN OV LA MORT DE MVSTAPHA

TRAGEDIE.

PAR MONSIEVR MAIRET.

Representé par la troupe Royalle.

A PARIS,
Chez AVGVSTIN COVRBE', Libraire & Imprimeur ordinaire de Monsieur Frere du Roy, au Palais en la petite salle a la Palme.

M. DC. XXXIX.

AVEC PRIVILEGE DV ROY.

A

TRESHAVTE TRES VERTVEVSE, ET TRES INCONSOLAble Princesse, Marie Felice des Vrsins, Duchesse de Montmorency.

MADAME,

Ie me declarerois tout à fait indigne de la nourriture que ie me glorifie d'auoir prise aupres de vostre Grandeur, & des incomparables bien-faits que i'ay receus de feu Monseigneur de tres glorieuse & tres pitoyable memoire tout ensemble: Si pour satisfaire à mon deuoir, ie ne tirois de temps en temps de mon estude & de ma plume, ainsi que ie fay tous les iours de mon cœur, & de ma bouche, des tesmoignages authentiques de ma recognoissance & de mon zele. C'est par cette puissante raison (MADAME) que n'ayant iamais eu de plus forte ny plus legitime passion que celle de vous obeyr, & de vous plaire : ie m'expose neantmoins au hazard de vous estre importun, en vous diuertissant pour quelque temps de la continuelle meditation des choses du Ciel, & de vostre malheur, hors de laquelle il ne semble pas que vostre esprit desolé puisse trouuer aucun repos ; Il est vray qu'ayant à vous demander vne ou deux heures pour la lecture de quelqu'vn de mes Poëmes, i'ay pour le moins apporté cette circonspection à cettui-cy, que de ne le faire pas d'vne nature qui fut tant soit peu contraire à celle de vostre humeur presente, qui ne se plaist qu'aux choses tristes : en effet, MADAME, l'inestimable perte que vo[us] auez faite auec toute la France, de l'vn des plus grands hommes qu'elle ait iamais portez, ne pouuoit estre bien tesmoignée que par vn dueil pareil au vostre, qui fait honte generalement à tout ce que la fable & l'histoire nous racontent d'vne Porcie, d'vne Penthée, d'vne Alceste, & d'vne Artemise; les plus fameux exemples que nous ayons de la douleur & de la foy des plus honnestes femmes; apres la mort de leurs maris ont ils des circonstances & des merueilles qui puissent estre iustemēt comparées à celles que la force de vostre Amour nous a produites depuis sept ans? Non certes, MADAME, car s'il est vray que l'Amour & la Vertu seules peuuent produire ces miracles, il est veritable aussi que pour leur conseruation & leur durée, elles ont encore besoin d'vne certaine disposition d'ame cōme la vostre, & laquelle parauanture ne se rencontra pas toute entiere en celles de ces illustres Heroines.

Dans le vif sentiment d'vn insigne malheur,
La flame quelquefois est bien tost aualée
Aysement par le fer on finit sa douleur,
On boit la cēdre esteinte, on dresse vn Mausolée.

Mais viure de regrets, & nourrir vn tourment,
Aussi fort en son cours qu'en son commencement,

Ou garder iour & nuict en parfaite Vestale
Ce feu dont vous bruslez, pour vn parfait Espoux;
C'est vn acte d'Amour, & de foy coniugale
Que nul autre n'esgale,
Dont la production n'appartenoit qu'à vous.

Il faut aduoüer (MADAME) que l'on remarque en vous depuis sept années vne maniere de s'affliger si particuliere, que sans participer où du desespoir, où de la rage, elle a neantmoins toutes les marques essentielles d'vne tres-grande, & tres veritable douleur: vous auez apporté ce merueilleux temperament à l'impetuosité de vostre dueïl, que de le maintenir tousiours dans toutes les reigles les plus estroites que la vertu, l'amour & le deuoir puissent prescrire aux plus belles ames, en de pareilles infortunes, sans toutesfois vous esloigner iamais de celles de la Philosophie Chrestienne, dont la rigueur ne s'estend pas iusques à nous defendre de regreter les creatures, pourueu que nous le fassions auec vne parfaite resignation de nos volontés à celle du Createur: Aussi dans les plus violents accez de voſtre mal; on ne vous à point ouy murmurer ny, contre les decrets du Ciel; ny contre les arreſts de la terre, & par des inuectiues inutiles, accuſer d'iniuſtice où de cruauté, les ordonnances de l'vn & de l'autre; au contraire de peur de rendre voſtre peine inſuportable à ceux qui vous approchent, vous auez la plus grand' partie du temps cette diſcretion, & cette bonté que de là renfermer au dedans, ſans en laiſſer paroiſtre au dehors, des teſmoignages plus importuns que les larmes, & les ſoûpirs: De-là vient que voſtre ſouffrance eſtant preſque toute reſtrainte dans l'eſprit & dans le cœur, il eſt impoſſible qu'elle ne s'y faſſe beaucoup mieux ſentir qu'en ces courages ordinaires, de qui les plaintes immoderées en conſument vne partie; vne choſe (MADAME) eſtonne tout le monde en voſtre aduanture, c'eſt de voir que les forces de voſtre corps ayent peû reſiſter tant de temps aux durs aſſauts que la triſteſſe donne à voſtre ame: De moy ie confeſſe ingenument, qu'à moins que de l'imputer à miracie, ie n'en puis deuiner la cause, si ce n'est peut-estre que par vne longue habitude vous puissiez viure de douleurs, de la mesme sorte que Mitridate auoit pû viure de poisons ; au lieu de vous aller delasser comme il vous est encore permis, de l'ennuyeuse closture du Chasteau de Moulins, dans l'agreable liberté de celle du Chasteau de Fere, de qui l'assiette pour le moins, & les promenoirs eussent contribué quelque chose au diuertissement de vostre ennuy, vous vous estes choisi vous mesme vne demeure si estroite, & si peu sortable à la grandeur de vostre naissance, qu'on la peut iustement nommer vne volontaire prison : C'est dans cette retraite solitaire & saincte, qu'apres les exercices de pieté, tantost le souuenir des perfections de vostre incomparable Espoux, tantost celuy de vos felicitez passées, & tantost la consideration de vos miseres presentes vous desrobent insensiblement toutes les heures de vostre vie, à la reserue de deux où trois que vous donnez chaque iour à vos domestiques, afin

de

de les consoler de vostre presence; Ie ne doute point (MADAME) que ce discours ne semble estrange à plusieurs & ne leur fasse dire que i'ay mauuaise grace de r'affraichir vos douleurs, que ie reporte indiscretement le fer dans vostre playe, & qu'il me sieroit mieux de me taire absolument que de vous entretenir sur vne funeste matiere dont ceux qui cherchent vostre repos ne vous deuroient iamais parler, afin de vous en laisser perdre insensiblement le souuenir & l'amertume; mais sans offencer ces Critiques ne connoissant pas si parfaitement que moy la trempe & la nature de vostre cœur, ils ont mauuaise grace eux mesme d'en mesurer la force, & les sentimens à ceux des courages ordinaires. Il est certain que la plus grand' partie des plus affligez ne sont pas marris d'obtenir du Temps, & de l'oubly qui l'accompagne la quietude ou l'indolence qu'ils n'oseroient apparemment esperer de la Raison; de la vient que non seulement ils ne souhaitent pas qu'on les entretienne de leur infortune mais encore qu'ils euitent autant qu'ils peuuent tous les diſcours, & tous les obiects qui ſont capables de rebleſſer leur imagination & d'y repeindre ces triſtes images que la ſuitte des iours, & leur propre conſentement auoient finalement effacées, C'eſt ie l'auouë pour cette ſorte d'Eſprits, qu'il faut auoir la diſcretion de ne propoſer iamais que des matieres de ioye, ou pour le moins de diuertiſſement. C'eſt à ces yeux la plus las qu'affoiblis de pleurer, & de voir des chambres tenduës de noir, qu'on ne doit offrir que du verd gay, des fleurs, & des roſes ſans eſpines, C'eſt ainſi qu'il eſt neceſſaire d'en vſer, pour s'acquerir leurs bonnes graces, mais ce n'eſt pas ainſi que ie veux traiter auec vous, ayant autrefois eſtudié trop ſoigneuſement voſtre naturel pour ignorer auiourd'huy que cette imprudente procedure me ſeroit pluſtoſt vn moyen de n'arriuer iamais aux voſtres. Non non (MADAME) ie ſuis trop bien inſtruit de l'exceſſiue grandeur de voſtre perte pour m'oppoſer en vous conſolant à celle de voſtre douleur, dont la longueur, la violence, & l'esgalité tiennent les sages de nostre Siecle, en perpetuelle admiration de vostre vertu, ouy, MADAME, il est hors de doute que vous auez perdu, le plus braue, le plus genereux, le plus liberal, le plus vaillant en vn mot le plus aymable, & le plus accomply Heros, soit pour la paix, soit pour la guerre, de qui l'humaine imagination se puisse faire vne parfaite Idée, & ie suis asseuré, que la nourriture qu'il m'a donnée, ne rendra point suspectes à ceux qui l'ont bië connu, les merueilles que i'en escris, ny celles que i'en escriray, puisque ce sont des veritez que l'Enuie la plus impudente auroit honte de contester; de façon, MADAME, que loin d'arrester des pleurs dont le cours est si legitime, ie vous exhorterois moy-mesme à leur effusion eternelle, si vostre genereuse tristesse auoit besoin d'estre solicitée; ne faites donc iamais de treue auec vos ennuis: mais regrettez encore dauantage s'il est possible vne si belle vie, & si regretable en son malheur, que la Iustice elle mesme contrainte qu'elle fut, de la ſacrifier à la rigueur de ſes loix, où pour mieux dire, aux plus ſeueres maximes de la raiſon d'Eſtat, ne peût s'empeſcher de moüiller ſon bandeau de larmes, elle qui dés la naiſſance des Republiques, des Monarchies & des Empires doit eſtre accouſtumée, & comme endurcie aux ſpectacles ſanglans que ſes bâlãces exigent tous les iours de ſon Eſpée: Et pour ce que les puiſſances de l'ame toutes ſpirituelles qu'elles ſont, ne laiſſent pas d'auoir beſoin du ſecours des sẽs, ſoit pour fortifier, ſoit pour entretenir l'exercice de leurs operations: ie preſente à vos yeux l'ouurage de tous les miens le plus capable ce me ſemble de nourrir voſtre melancholie, & de vous donner vne plus viue apprehenſion de voſtre infortune, vous y remarquerez deux Amants ſi parfaits & neantmoins ſi malheureux dans l'innocence de leurs Amours & de leurs vies, qu'ils nous feroient quaſi ſoupçonner le Ciel d'iniuſtice, ſi luy meſme ne nous auoit aduertis il y a long-temps par la bouche de ſes Oracles, que ſes iugemens ſont des gouffres & des abiſmes; vous y deſcouurirez des intriques & des meſchancetez de Cour, qui vous confirmeront dans la ſage reſolution que vous auez priſe, de ne vous remettre iamais ſur vne Mer qui vous a teſmoigné ſon infidelité par vn ſi pitoyable naufrage, vous y verrez nager vn Throſne dans vn fleuue de sãg & de larmes, & par des accidens effroyables, la plus grande & la plus heureuſe Maiſon de tout l'Orient deuenir preſque en vn moment & le Theatre & le ſubiet des Tragedies de la fortune, enfin MADAME, vous y trouuerez des choſes des ſentimens & des paroles aſſez conformes à l'Eſtat preſent de voſtre eſprit & de voſtre condition, receuez-le donc s'il vous plaiſt auec cette merueilleuſe bonté que i'ay tant de fois eſprouuée, en attendant que ie deſgage bien toſt ma parole enuers vous, par vne production de mon eſprit & de mon zele, plus noble & plus conſiderable que cette-cy, là certes ſi ie ne me trompe, ie parleray ſi bien des morts, ſans offencer les viuans, que de long-temps la memoire de leurs belles actions ne les ſuiura dans le Tombeau; C'eſt iuſques où s'eſtendront aſſeurement le reſpect & la fidelité que doit auoir pour voſtre grandeur,

MADAME,

Son tres-humble, tres-obeyſſant, & tres-obligé ſeruiteur.

MAIRET.

Aduertissement au Lecteur.

AMy où non amy Lecteur, (puis qu'en fin tu peux-estre l'vn & l'autre) afin que la ressemblance du tiltre & du suiet de ce Poëme ne t'abuse point, ie t'aduertis que le Solyman qu'on mit en lumiere il y a deux ans, n'est point de moy : Ce n'est pas que son Autheur qui ne s'est pas soucié d'y mettre son nom, ne soit plus honnest-homme & plus aduancé dans le Parnasse que ie ne suis: mais quoy qu'il en soit, n'estant pas d'humeur à m'enrichir iniustement du bien d'autruy : Ie te declare encor vn coup, que voicy le seul qui est veritablement de ma façon, possible ne l'en-estimeras-tu pas dauantage, n'importe, si tu n'as rien de meilleur à faire, donne toy la patience de le lire auec vn peu d'attention, & tu verras que ie l'ay composé auec beaucoup de soin, & que si c'est vne imitation du Comte Quido Baldi, au moins n'est elle pas des plus seruiles.

EXTRAICT DV PRIVILEGE DV ROY.

PAr grace & Priuilege du Roy, il est permis à AVGVSTIN COVRBÉ, Marchand Libraire à Paris, d'imprimer, vendre & distribuer vn Liure intitulé, *Le Grand & dernier Solyman, où la mort de Mustapha, Tragedie par Monsieur de Mairet.* Representee par la trouppe Royale, Faisant tres expresses inhibitions & defences à tous Libraires & Imprimeurs, ou autres de nos Subjets, de quelque qualité & condition qu'ils soient, d'Imprimer, où faire Imprimer ledit Liure, le vendre, faire vendre, ny debiter par nostre Royaume, durant le temps & espace de dix ans, à compter du iour qu'il sera acheué d'imprimer; si ce n'est de ceux dudit Exposant : à peine de quinze cens liures d'amende, & de tous despens, dommages & interests, comme il appert plus au long par les Lettres du Priuilege. Donné à Paris, le 20. Feurier, l'An de grace 1639. Et de nostre regne le 29. Par le Roy en son Conseil. Signé CONRARD. Et seellé du sceau de cire jaune.

Les Exemplaires ont esté fournis, ainsi qu'il est porté par le Priuilege.

Acheué d'imprimer pour la premiere fois, le 1. Iuin 1639.

LES ACTEVRS

SOLYMAN, Roy de Thrace, où de Turquie.

MVSTAPHA, Fils de Solyman.

ACMAT, { Conseiller de Solyman, & amy de Must.

RVSTAN, { Grãd Vizir, gendre de Solimã, & ennemy mortel de Must.

BAIAZET, Lieutenant & amy de Mustapha.

ORCAMBRE, Vieil esclaue de la Sultane.

OSMAN, Confident de Rustan.

ALVANTE, Gouuerneur de Despine.

DESPINE, { Fille du Roy de Perse, Amazone, & Amante de Mustapha.

ROXELANE, Sultane est femme de Solyman.

HERMINE, Esclaue & fauorite de la Sultane.

ALICOLA, { Vieille estrangere qui fait la reconoissance de Mustapha.

La SCENE est en Alep ville de Syrie, la piece est dans toutes les reigles de la Tragedie.

LE SOLYMAN OV LA MORT DE MVSTAPHA. TRAGEDIE.

ACTE PREMIER.

SCENE PREMIERE.

LA SVLTANE, HERMINE,

SVLTANE.

HElas comment veux-tu chere & fidelle Hermine
Qu'au Prince Mustapha ie fasse bonne mine?

Luy qui de iour en iour s'esleue triomphant
Pour le dernier malheur de mon dernier enfant,
Luy qui presque en naissant fut le meurtrier d'vn autre
Et qui ne peut manquer d'estre encore le nostre.

HERMINE.

Madame ie sçay trop que vous auez raison
De craindre pour vous mesme, & pour vostre maison
Puisque la loy d'Estat, veut que les Rois de Thrace,
Commencent de regner par la fin de leur race,
Et que pour s'establir, les barbares qu'ils sont
Perdent esgallement tous les freres qu'ils ont,
Mais comme ieune esclaue il est vray que i'ignore
Le sort de l'autre fils que vous plaingnez encore.

SVLTANE.

Le vingtiesme Soleil fait son cours maintenant
Depuis qu'Haly Bassa ce fameux Lieutenant,
Entra dans la Rußie, & l'ayant saccagée
M'offrit à Solyman de trois lustres aagee,
Sans vn plus long discours ma fortune suffit
A dire les honneurs & les biens qu'il me fit;
En ce commencement d'aduanture prospere,
Il me falloit vn fils pour vn si digne pere
Ie l'eus donc tost apres, mais auec vn malheur,
Qui m'est vn vieux suiet de nouuelle douleur,

Le Prince aymoit aussi la Sultane Circasse
Qui portoit comme moy les marques de sa grace,
Si bien que nostre gloire, estoit à qui plustost
Mettroit hors de ses flancs son glorieux depost,
Enfin nous esprouuons a la neufiesme Lune
Auec pareil hazard, differente fortune
Elle accoucha d'vn fils, & moy d'vn fils aussi.

HERMINE.

Ou donc vostre malheur?

SVLTANE.

Escoute le voicy.
Le fils dont ma Riuale accoucha la premiere
Vn iour auant le mien auoit veu la lumiere,
Or sachant que par là cét enfant fortuné
S'estoit acquis le sceptre en qualité d'Aisné;
De peur que quelque iour venant a la Couronne
Il ne perdist le mien comme la loy l'ordonne,
Ma sage preuoyance, & mon affection
Me firent consentir a cette inuention:
Ie dis la larme à l'œil, à mon fidelle Orcambre
Qui par l'ordre du Roy me seruoit a la chambre,
Le dessein que i'auois, & qui l'estonna bien,
De mettre vn enfant mort à la place du mien
Il fut pour cet effet au quartier de Bisance
Ou ceux qui sont de nous, separez de creance,

En vn lieu separé logent confusément
Là son triste dessein s'accomplit aysément,
Car à peine entroit il dans la seconde ruë
Qu'vne femme de peu, se presente à sa veüe,
Auec vn enfant mort couché dans son giron
Et du sexe, du mien, & de l'age enuiron,
Enfin pour faire court l'aduenture fut telle
Qu'auec beaucoup d'argent, il eut parole d'elle,
Qu'elle luy donneroit le mort quand il viendroit
Et nourriroit le vif en tel lieu qu'il voudroit
Cela fait, il reuint d'vne course legere
Puis retourna de mesme à la mesme estrangere,
De qui suiuant l'eschange il retira le mort
Sans dire du viuant la naissance, ou le sort.

HERMINE.

Et vostre Maiesté depuis cette infortune
En à t'elle point eu quelque nouuelle?

SVLTANE.

Aucune.
Orcambre mille fois s'en est enquis sous main
Et son extresme soin a tousiours esté vain.

HERMINE.

Ce vous est donc Madame vn regret bien sensible
De l'auoir exposé?

SVLTANE.

Plustost s'il est possible
Ie le souhaite encor plus perdu qu'il n'est pas
Et voudrois que son frere eut marché sur ses pas,
Puis que de Mustapha la grandeur insolente
Le menace aussi bien d'vne fin violente,
Et que du grand Seigneur, l'esprit preoccupé
Au mespris de ma grace, à mon espoir trompé,
Apres que la Circasse eut acheué sa vie
(Helas, & pleust au Ciel que son fils l'eut suiuie)
I'heritay de l'oreille, & de l'ame du Roy,
Qui depuis ce temps la brula toute pour moy
Et dans cette faueur ou tout me sembloit rire
I'esleuay mon Selin, à l'espoir de l'Empire,
Mais Dieux, il paroist bien qu'alors que ie le fis
I'ignorois ton destin ô miserable fils;
Et que ie te gardois aussi bien qu'à moy mesme
Vn funeste cordeau, plustost qu'vn Diadesme.

HERMINE.

Tout passé qu'est le Roy dans vn âge panchant
Son fils parauenture, est plus pres du couchant
La guerre est pour sa vie vn agreable orage
Qui la porte sans cesse à deux doigts du naufrage,
Esperez donc Madame & puis qu'il faut le voir
Allez vous preparer à le bien receuoir,

Et changeant vos froideurs en des caresses feintes
Masquez d'vn front serain vostre haine, & vos craintes.

SVLTANE.

Ce peut il que le front soit en tranquillité
Ou le cœur est en trouble, & l'esprit agité.

SCENE II.

ALVANTE, DESPINE,

ALVANTE.

PArtons, partons Madame, & fuyons de bonne heure
Loin de cette odieuse, & suspecte demeure,
Ou la temerité vous ayant fait venir
C'est le seul desespoir qui vous y peut tenir.

DESPINE.

Ouy, mais nostre retour auroit-il bonne grace
Sans auoir veu le Camp du ieune Roy de Thrace;

Quoy repasser en Perse, auant qu'auoir connu
Pour quel exploit de guerre il est icy venu?
Ce seroit negliger la plus noble partie
Du dessein qui n'aguere en causa ma sortie,

ALVANTE.

N'auez vous pas desia par cent moyens diuers
Du camp des ennemis les desseins découuers
Qui sont tels que leur foudre à partir toute preste
Auant qu'en voir l'esclair nous fondra sur la teste.

DESPINE.

Ah! mon pere vn desir tout à fait esloigné
De celuy qu'en partant ie vous ay tesmoigné,
D'Arsaßie en Alep à causé ma venuë
Sous l'habit estranger qui me rend inconnüe,
Apprenez que i'exerce en cette occasion
Vn plus noble mestier que celuy d'Espion,
Et que c'est vn motif de haine en apparence
Mais d'amour en effect qui fait mon asseurance.

ALVANTE.

D'Amour? ô iustes Dieux, & pour qui?

DESPINE.

Pour celuy.

ALVANTE.

Qui celuy? parlez donc.

DESPINE.

Qui commande auiourd'huy.

ALVANTE.

Pour le Prince peut-estre?

DESPINE.

Il est vray pour luy mesme.

ALVANTE.

Vous aymez Mustapha?

DESPINE.

Bien plus que ie ne m'ayme.

ALVANTE.

Malheureux qu'ay-ie ouy, mais ou, quand & comment
Vous estes vous perduë en cet aueuglement.

DESPINE.

Nous sommes presque au bout de la seconde année
Qui void de mon amour la course infortunée
Ie trouue que pour l'heure il n'est pas à propos
De conter comme quoy, ie perdis le repos,

Suffit

Suffit que vous sçachiez qu'il faut que ie le voye
Et que de là depend ma tristesse, ou ma ioye.
Or le plus grand dessein qui m'arreste en ce lieu
C'est d'y voir si ie puis ce ieune Demydieu,
Pour luy faire garder la foy qu'il m'a donnée
De s'vnir auec moy soubs vn sainct Hymenée
N'ayant pû le delay plus longuement souffrir
Sur vne occasion si tardiue à s'offrir.

ALVANTE.

Madame excusez moy, ma douleur est si forte
Que i'en perds le respect qu'il faut que ie vous porte,
Insensee, en quel gouffre, & de honte, & d'horreur,
Vous à precipitee vne si longue erreur?
Trahir son rang, son sang, ses autels, sa patrie,
Et pour derniere tache à sa gloire flestrie
S'offrir comme en trophée, à son propre ennemy
Dieux! ce n'est pas faillir ny se perdre à demy.

DESPINE.

Aluante apaisez vous vostre douleur m'afflige
Comme en m'iniuriant vostre zele m'oblige
Mais representez vous, que le conseil est vain
A qui depuis deux ans, a l'amour dans le sein,
Et que vous ayant dit & monstré ma blesseure
I'ay besoin de remede, & non pas de censure,

C'est pourquoy donnez moy, plus traitable & plus doux.
Le secours desiré que i'espere de vous.

ALVANTE.

Ah Dieux si vous pouuiez changer cette pensee
Que l'on peut iustement appeller insensee,
Que vous verriez bien tost vostre seule vertu
Triompher de ce Monstre à ses pieds abbatu.

DESPINE.

Si mon amour est monstre, il est monstre en constance
Et partant vainement i'y ferois resistance
Dieux! & soit le succez de mes presages faux
Que cét aueuglement nous causera de maux.

DESPINE.

Nuls, pourueu seulement, qu'Aluante me seconde

ALVANTE.

Allons nous en d'icy i'entens venir du monde
Que le Ciel nous assiste....

DESPINE.

Amour le peut bien mieux,
Amour l'ame du Ciel, & le maistre des Dieux.

SCENE III.

SOLYMAN, MVSTAPHA, RVSTAN, OSMAN, ACMAT,

SOLYMAN.

MOy qui m'estois promis qu'au seul bruit de nos armes
La Perse espouuentée auroit recours aux larmes,
Elle qui tant de fois auec tant de malheur
A de mes Conquerans esprouué la valeur.
Moy dis-ie qui croyois que son Prince plus sage
Apres vn si funeste & long aprentissage
Viendroit iusqu'à Bisance embrasser nos genoux,
Pour impetrer la vie & le sceptre de nous,
Puisque c'est vne adresse au vaincu necessaire,
De vaincre en supliant vn puissant aduersaire
Nous voicy toutesfois dans Alep arriuez
Sans que luy ny les siens si soient encor treuuez
Que fait-il? Qu'attend il? Ou quel vent d'esperance
Enfle encor son orgueil contre toute aparence?

Est-il en ce danger de iugement perclus;
Ou si parauanture, il ne luy souuient plus
Que i'ay du sang des siens ses campagnes noyéez
Ses Chasteaux demolis, ses Villes foudroyéez
Et que mes Lieutenans ont encor depuis peu
Promené dans son Camp & le fer, & le feu?
Voudroit-il de nouueau, d'vne audace importune
Pour la centiesme fois esprouuer la fortune?
Elle qui luy faisant tout le mal qu'elle peut
Nous monstre à ses despens le bien qu'elle nous veut,
O, qu'il est abusé d'vne ignorance estrange
S'il pense que pour peu la fortune se change
Elle fut autrefois le fauorable appuy
Du trôsne des Persans, qu'elle abbat aujourd'huy,
Mais portant son amour, d'vne Couronne à l'autre
Il faut bien qu'à son tour elle passe à la nostre,
Et que ce Roy vaincu, souffre les mesmes fers
Que de ses deuanciers tant d'autres ont soufferts
Partez donc aussi bien on voit de la muraille
Parlant à Mustapha. *Que desia tout le Camp, vous attend en bataille,*
Là vous commencerez de gloire enuironné
A iouyr du pouuoir que ie vous ay donné.
Si vostre ame guerriere, & boüillante d'audace
Abhorre le repos comme il faut qu'elle fasse,
Que dez le point du iour on connoisse demain
L'effet du Sceptre d'or que vous auez en main

Faites marcher vos gens tout droit au sein de Perse.
Et moy qui veut tenir vne route diuerse
Aussitost apres vous ie conduiray les miens
Par ou plus grand peril meine aux flots Caspiens.

MVSTAPHA.

Ah! Sire pleut au Ciel, qu'il vous eut pris enuie
De me laisser en Perse abandonner ma vie,
Pendant que de la guerre y portant tout le faix
Vous gouteriez en Thrace vne profonde paix,
D'ou vos seules vertus sans partir d'vne place
Nous pourroient inspirer la conduite & l'audace,
De mesme que le cœur dans son siege arresté
Donne au corps les espris & la viuacité,
Sinon permettez moy de prendre vostre route
Ou le plus grand peril se trouuera sant doute,
Que s'il faut que i'y tombe, & rende sous les coups
L'Ame, & le sang Royal, que i'ay receu de vous
Ma cheute pour le moins fut elle encore pire
Ne fera point crouler la masse de l'Empire.

RVSTAN.

Il dit vray.

SOLIM.

Vostre cœur me plaist, & i'en fais cas
Mais l'ordre neantmoins ne se changera pas

Ie veux me reseruant ce perileux voyage
Que le plus grand ouurier ayt le plus grand ouurage,
Faites donc simplement les choses que ie veux
Ainsi le Ciel seconde, & vos pas & mes vœux.

MVSTAPHA.

Ie pars donc ô Seigneur, & pour tres humble grace
Baise encore à genoux les vostres que i'embrasse.

SOLYMAN.

Va mon sang, va mon fils, apprens qu'vn conquerant
Doit cheminer partout comme vn feu deuorant
Pardonne à qui te cede, & mets plus bas que l'herbe
L'ennemy qui resiste, & le vaincu superbe,
Enfin que ta valeur aille iusqu'à ce point
Que le plus fort l'auoüe & n'en rougisse point,
Acmat suiuez le donc, & faites qu'on luy donne
La moitié de mon Camp selon que ie l'ordonne
Puis reuenez au temple ou ie suis attendu.

ACMAT.

Ie le feray Seigneur.

SCENE IV.

RVSTAN, OSMAN,

RVSTAN.

O! Dieux qu'ayie entendu?

OSMAN.

Ah quel suiet d'enuie a l'esprit de mon maistre
Il en est furieux autant qu'on le peut estre.

RVSTAN.

Que vous en semble Osman, estre à peine arriué
Et recueillir le fruit donc ie me voy priué?
Vsurper hautement tous les droits de la guerre
Que ma charge me donne, & sur mer & sur terre,
Mais quoy, poßible encor tant il est insensé
Il croit que son merite est mal recompensé,
Et qu'estant fils du Roy, tout ce qu'on luy peut rendre
Est tousiours au dessous de ce qu'il doit pretendre,
Comme si la vertu se mesuroit au sang
Ou le prix du merite à la grandeur du rang,

Et puis qui ne sçait pas que ma femme Roxale
M'allie estroictement à la maison Royale,
Mais il est encor temps de luy faire achepter
Vn sceptre mal acquis que ie deuois porter.

OSMAN.

Ouy Seigneur la vangeance, est bien deuë à loutrage
Mais elle le seroit encore dauantage
Si vous n'auiez vous mesme aduancé vostre ennuy
Pour estre l'artisan de la gloire d'autruy,
Vous auez tant voulu qu'on vantat sa vaillance
Son esprit, son credit, son soin, sa vigilance,
Comme encor ce matin i'ay fait aupres du Roy
Que vous mesme à la fin l'auez mis dans l'employ
Puis qu'au lieu du soupçon & de la ialousie
Dont l'ame du Sultan, deuoit estre saisie
Vostre espoir qui vous trompe & vostre art qui vous nuit
Ont veu naistre l'estime, & l'amour qui la suit.

RVSTAN.

Il est vray; mais ie veux que le mesme artifice
Serue à le faire choir du feste au precipice,
Ie vay trouuer la Reyne, & suiuant mon dessein
Luy porter plus auant la crainte dans le sein

Dont

Dont comme d'vn venin, ie pretens qu'elle mesme
En infecte le Roy qui la croit, & qui l'ayme.

SCENE V.

DESPINE, ALVANTE.

DESPINE.

MOn pere est-il donc vray que vous auez pitié
De ma longue souffrance & de mon amitié?

ALVANTE.

Il est bon de tromper cette Amante insensée
Pour luy causer le bien que i'ay dans la pensée,
Ouy ma fille, & partant reprenons le discours.
Dont nous auons tantost interrompu le cours.

DESPINE.

Oyez donc en deux mots la fin de mon histoire?
Ie vous ay desia dit si i'ay bonne memoire

Comme cét ennemy si vaillant & si fier
Par le nombre vaincu se rendit prisonnier,
Quand il sceut que i'estois la Princesse Despine
Or voicy d'où nos feux ont pris leur origine
Il fut mis dans ma tente où le vingtiesme iour
Apres vn grand soûpir témoin de son amour
En hardy par le mien qu'il auoit pû connestre
Il m'aprit en secret, & son nom & son estre,
Son courage si grand, & si bien remarqué
Au combat qu'il rendit quand il fut attaqué,
Sa grace & son visage en sont toutes les marques
Qui brillent d'ordinaire en celuy des Monarques,
Et de son entretien l'ineuitable appas
Me charmere si bien que ie n'en doutay pas.

Dont il eut connoissance & sa naissance

ALVANTE.

Adioutez aux raisons que vous venez de dire
Que l'on croit aysement les choses qu'on desire.

DESPINE.

Il est vray cher Aluante, & c'est aussi pourquoy
Ie receus volontiers son Amour & sa foy,
D'autant mieux que ie creus qu'vne paix fortunée
(Au moins nos peres morts) suiuroit nostre Hymenée.

ALVANTE.

Et pourquoy s'il vous plaist ne l'accomplistes vous?

DESPINE.

Pource qu'estant blessé de quantité de coups
Ie ne souhaitay pas que la chose fut faite
Qu'il ne fut asseuré d'vne santé parfaite
(Mais helas, qui en Amour on craint auec raison)
En attendant le temps de cette guerison
Voicy que de nostre heur la fortune ialouse
Vient arracher l'Espoux du sein de son Espouse
Il vous souuient assez que les Scithes hardis
Me donnerent bataille, & que ie la perdis,
Auec tant de malheur que les miens me laisserent
Sans deffendre mon Camp que les autres forcerent,
Si bien qu'en Mustapha, mon espoir, & mon cœur
Tomberent sous la main du superbe vainqueur,
Qui l'ayant reconnu le rendit à la Thrace
Qui la tousiours gardé depuis cette disgrace,
Voila de ma douleur le suiet esclaircy
Et l'espoir de salut qui me retien icy,
I'atiens donc maintenant l'aßistance promise
Et de vostre conseil, & de vostre entremise
Sans laquelle il est vray que difficillement
Ie puis me descouurir aux yeux de mon Amant,

Ne pouuant l'aborder ny luy parler moy-mesme
Sans nous ietter tous deux en vn peril extresme,
Puisque de tant de Chefs qui ne le quittent pas
Quelqu'vn peut m'auoir veuë au milieu des combats.

ALVANTE,

Vous monstrez bien encor par cette sage crainte
Qu'Amour n'a pas en vous toute raison esteinte
Ie prens donc desormais cette charge sus moy
Mais vous trouuerez bon auparauant.

DESPINE.

Et quoy.

Proposez seulement.

ALVANTE.

Que ie vous aille prendre
A nostre hostellerie, ou vous m'irez attendre
Sans errer plus longtemps autour de ce Palais.

DESPINE.

Et bien mon cher Aluante, ouy ie vous le promets
Portez luy donc ma lettre, ou sont en peu de lignes
Depeints mes longs trauaux, & mes malheurs insignes.

ALVANTE.

Et cét autre papier que vous m'auez donné
Est-ce vne lettre encor?

DESPINE.

Non, c'est vn blanc signé
Qu'autrefois par larcin ie pris au Roy mon pere
Pour en tirer vn iour le fruict que i'en espere,
Vous le luy donnerez & luy mesme pourra
Y mettre de sa main tout ce qui luy plaira,
Puis qu'il n'est parmy nous ny place ny Prouince
Qui voyant le Cachet & le seing de son Prince
Ne s'offre incontinant à receuoir sa loy
Comme s'il en estoit le veritable Roy,
Enfin la nudité de ce papier luy donne
Des richesses sans nombre, auecque vne Couronne.

ALVANTE.

Madame asseurez vous qu'auec iuste raison
Ie m'en vay trauailler à vostre guerison.

DESPINE.

Allez & que l'Amour le plus grand Dieu du mon-
de
Fasse que le succez à mes souhaits responde.

ALVANTE.

Vous voyez le logis, allez y seulement.

SCENE VI.

ALVANTE, OSMAN.

ALVANTE.

O Dieux fut il iamais vn tel aueuglement
Auoir pû conceuoir ces feux illegitimes
Leur donner nourriture auecques tant de crimes
Et me choisir encor pour l'instrument fatal
Des maux qu'elle prepare a mon pays natal
Plustost que cela soit O! Ciel que ton tonnerre
Me creuse vn monument au centre de la terre
Il déchire les papiers. *C'est ainsi que ie fay vostre commission.*
C'est ainsi que ie sers à vostre passion,
Et que ie contribuë à cét hymen funeste
Que la terre condamne, & que le Ciel deteste.

OSMAN, suruenant, & caché dans vn coin.

Il s'en va mal content que peut-ce estre, allons voir
Les papiers deschirez qu'il vient de laisser cheoir
Lisons, à quelque main que le poulet s'addresse
Il parle ouuertement d'Amour & de promesse
Tasche encor d'adiuster ces fragments ramassez
San passer plus auant, cettuy-cy montre assez
Par ces mots bien liez de Sep tre hereditaire
Que leur intelligence est, de tres-haut mystere
Mais il faut recueillir iusqu'au moindre morceau
Dieux, qu'est-ce que ie voy. Le sein, & le grand Sceau
Du Prince des Persans qui tiennent tout ensemble
Ah vrayment le secret va plus loin qu'il ne semble
Va l'exposer au Roy, puisque le cas est tel
Qu'vn silence indiscret te rendroit criminel,
Taire vne trahison c'est presque la commettre
Non non, porte à Rustan, cette importante lettre,
Ce merueilleux esprit qui fait tout par compas
Y trouuerra le sens que tu n'y trouues pas.

ACTE II.

SCENE PREMIERE

LA SVLTANE, RVSTAN, HERMINE.

RVSTAN.

ENFIN il eſt venu ſuiuy de trente Princes
Qui pour le ſuiure en Perſe ont quitté leurs Prouinces,
Si bien que iamais Roy n'a mis en moins de temps
Ny tant d'amis ſus pied ny tant de combatans,
Regardez maintenant ſi le danger vous preſſe
Et s'il vous faut auoir vne molle tendreſſe,

SVLTANE.

SVLTANE.

Il est vray, ie voy bien, que sans vostre secours
Nous ne sommes pas loin du dernier de nos iours,
Cherchez donc vn remede au mal qui nous menace,
Et dites franchement ce qu'il faut que ie fasse.

RVSTAN.

Madame, le Roy seul nous peut tous conseruer
Il faut pour cét effet que nous l'allions treuuer
Et luy rendre son fils suspect & redoutable
Par vn discours adroit autant que veritable
Or voicy le profit qui nous en reuieudra,
C'est que desia du moins le Roy luy restraindra,
De sa commission l'excessiue puissance,
La dessus, l'Orgueilleux prendra quelque licence,
Et n'ayant pas encor tout l'esprit qu'il luy faut
S'emportera sans doute à se plaindre tout haut.
Parauenture aussi fera-t'il quelque chose
Qui de nouueaux soupçons sera nouuelle cause
Accident qui l'esloigne, ou le fait prisonnier,
Que si le sort vouloit qu'on en vint au dernier
Sans doute la fortune acheueroit le reste
Et son ambition luy deuiendroit funeste.

HERMINE.

Ouy. Mais s'il obeit, & garde le respect?

RVSTAN.

Il ne laissera pas d'estre encore suspect
Estant bien malayse qu'aux peres de son âge
Le credit des enfans ne donne de l'ombrage
Et que d'vn successeur, qui marche sur leurs pas
La trop grande splendeur ne les offusque pas

SVLTANE.

Mais les simples soupçons ne pourront pas suffire
A luy faire aduancer la mort qu'on luy desire.
Ainsi nostre malheur est tousiours en sa main.

RVSTAN.

Nous empeschons au moins qu'il n'arriue demain
Et c'est beaucoup gagner dans vn mortel orage
Que d'auoir differé le temps de son naufrage
Mais voicy l'Empereur, presentez vous à luy.

SVLTANE.

Son visage troublé marque vn secret ennuy.

RVSTAN.

Tant mieux nostre entreprise en sera plus aysée
Puis qu'il à desia l'ame au trouble disposée.

SCENE II.

SOLYMAN, SVLTANE, RVSTAN, OSMAN, HERMINE.

SVLTANE.

AH! Seigneur quel ſuiet de crainte ou de douleur
Trouble de voſtre front le calme & la couleur?

SOLYMAN.

I'ay crainte, i'ay douleur, pourtant ie ne puis dire
N'y le mal que ie crains n'y pourquoy ie ſoupire,
I'ay pris ces paßions que ie ne connoy pas
Au temple dont le ſeuil à tremble ſous mes pas

SVLTANE.

O Dieux.

RVSTAN,

Souuentesfois le Ciel en ſes augures
De nos maux aduenir crayonne les figures.

SOLYMAN.

Vn cœur comme le mien, que soustient la vertu
En peut-estre esbranlé mais non pas abbatu.

SVLTANE.

Mais vn prudent esprit doit tout mettre en vsage
Pour deuiner l'effet d'vn sinistre presage,
Afin que le malheur dont il est aduerty
Par sa precaution, puisse estre diuerty.
Mais ô Dieux si i'osois expliquez ma pensée

SOLYMAN.

Acheuez, poursuiuez la parole auancée.

SVLTANE.

Non non, ie ne veux pas vous annoncer des maux
Sur des suiets de peur qui possible sont faux
Quoy qu'ils me semblent vrais auec trop d'apparence.

RVSTAN.

Vous pouuez donc les dire auec plus d'asseurance
Et vostre Maiesté ne les doit plus celer
En si iuste suiet de craindre & de parler.

SVLTANE.

C'est donc de mon amour l'extresme violence
Qui me force ô Seigneur, à rompre le silence,
Et c'est en sa faueur qu'il faut me pardonner
Le fascheux entretien que ie vous vay donner.

SOLIMAN.

Parlez asseurement, puis qu'il n'est chose aucune
Qui prouenant de vous me puisse estre importune.

SVLTANE.

Ie crains, Sire, & la peur dont ie sens les glaçons
S'accroist tousiours en moy par de nouueaux soupçons
Ie crains dis-ie ô grand Roy que quelqu'vn ne conspire
Et contre vostre vie, & contre vostre Empire,
C'est à quoy la douleur qui vous fait souspirer
Et les signes du Ciel se doiuent referer.

SOLIMAN.

Mais quel cœur assez haut oseroit l'entreprendre?

SVLTANE.

Il faut bien l'auoir tel, pour y vouloir pretendre
D'où vient que mes soupçons s'arrestent malgré moy,

Sur vn dont le pouuoir me donne de l'effroy
Et qui peut mieux que tous entreprendre ce crime
En ayant moins que tous de ſuiet legitime,
C'eſt voſtre propre fils de qui ie veux parler.

SOLIMAN

De qui?

SVLTANE.

De Muſtapha.

SOLIMAN.

Quoy?

SVLTANE.

Pourquoy vous troubler
Ie ne dis rien Seigneur, non non, aux Dieux ne plaiſe
Puis que ma voix vous trouble il faut que ie me taiſe
Non ie n'aſſeure rien, mais preſque à tout moment
Les ſuiets de douter augmentent mon tourment.

RVSTAN.

Quand ie deurois (Seigneur) tomber en voſtre haine
Ie confirme en cecy le diſcours de la Reyne.

SOLIMAN.

Mais quel ſoupçon du Prince, & d'ou le conceuoir?

SVLTANE.

Ah Sire, estes vous donc à vous apercevoir
Qu'auecce doux accueil, cette humeur si traitable
Cette vertu sublime ou fainte, ou veritable
Cet excez de largesse ou de profusion
Dont il vse enuers tous en toute occasion,
Et par cette valeur que tout le monde estime
Il seme dans les cœurs les appas de son crime,
Sa conduite d'ailleurs nous peut faire iuger
Qu'il est d'intelligence auecque l'estranger,
Ce long voyage en Perse, & qu'il y voulut faire
Sous couleur d'espier nostre vieil aduersaire,
Me donne à soupçonner que durant sa prison
Il à dressé le plan de quelque trahison.
Et que le Roy Thacmas luy promit assistance
Sous l'espoir de la Paix, & de la recompense
C'est pourquoy maintenãt, qu'vn grãd nõbre d'amis
Pare, & grossit vn camp à son Sceptre soubmis
Que son ambition qui n'a point de limite
Par le bruit des boucliers se reueille & s'irrite
Ie craindrois que son bras si puissamment armé
N'acheuat le proiet que son cœur à formé

SOLIMAN.

Le Sceptre qu'il possede, au repos le conuie
Puis qu'vn bien possedé ne donne plus d'enuie.

SVLTANE.

Sire l'experience a pû vous enseigner
Qu'on sent croistre en regnant le desir de regner.

RVSTAN.

Seigneur à ces raisons, qui ne sont pas petites
Adioustez, s'il vous plaist, celles qu'il vous à dites,
Pour vous persuader, qu'il seroit à propos
Que vostre Maiesté demeurast en repos,
Cependant que luy seul exposeroit sa vie
A tous les accidens dont la guerre est suiuie.
Sur tout i'ay remarqué qu'il vouloit obtenir
De prendre le chemin que vous voulez tenir,
Non qu'il y fut poussé par vn desir de gloire
Comme possible alors il vous là fait accroire:
Mais pour ioindre plustost le perfide Estranger
Afin d'aller tous deux d'vn cours prompt & leger,
Enuelopper la Thrace, & surprendre Bisance
Dont la plus grande force est en vostre presence.

SVLTANE.

Et quoy cela de plus? Dieux qu'en toutes façons
Nous auons bien suiet d'accroistre nos soupçons,
Ah Seigneur, pensez y, desrobez vostre teste
Aux coups de cette foudre, à tomber toute preste,

Et si

Et si mes pleurs chez vous ont trop peu de credit
Croyez au moins le Ciel dont la voix vous le dit

SOLIMAN.

Madame mettez fin à vostre inquietude
Auec cette promesse, & cette certitude
Que suiuant vos aduis ie prendray comme il faut
Les aduertissements qui me viennent d'enhaut
Entrons....

OSMAN, suruenant comme le Roy sort.

OSMAN.

I'ay tant cherché qu'enfin ie le rencontre.
Seigneur, i'ay des papiers qu'il faut que ie vous montre. Tirant Rustan à part.

E

SCENE III.

DESPINE, ALVANTE.

DESPINE.

ET l'ingrat à pû faire vn acte si maudit?

ALVANTE.

Il à fait pis encor que ie ne vous ay dit
Et n'estoit pas besoin de m'attendre au passage,
Pour aprendre plustost vn si facheux message.

DESPINE.

Donques le desloyal à si tost oublié
Ou rompu les serments dont il s'estoit lié,
Donc mon ardente amour pour cette ame glacée
D'vn insolent mespris sera recompensée
Et mon affliction ira iusqu'à ce point
Que ie perdray l'honneur parce qu'il n'en à point,
Que de mes chastes feux l'innocence eternelle
Par le crime d'autruy deuiendra criminelle,

Enfin qu'on ternira le lustre de mes iours
Du reproche honteux de mes folles amours,
Le traistre auez vous dit, appelle mon voyage
Du nom d'effronterie & de libertinage?
Ce luy seroit trop peu le perfide qu'il est
De ne vouloir pas voir ma foy qui luy déplaist
S'il ne blâmoit encor mes fidelles offices
Et si de mes vertus il ne faisoit des vices,

ALVANTE.

Que l'antidote agisse auec tous ses efforts
Tant qu'il iette la peste, & le venin dehors.

DESPINE.

Et quand le desloyal à ma lettre rompuë
A ce esté deuant vous?

ALVANTE.

Ouy Madame à ma veuë.

DESPINE.

Et vous n'auez rien dit à cette indignité?

ALVANTE.

Voicy les propres mots qui l'ont tant irrité.
Ah Seigneur (ay-ie dit) est-ce ainsi que l'on traitte

Les innocens teſmoins d'vne amitié parfaite,
Et que la foy d'vn Prince eſtimé ſi parfait
Sera deſauouée, ou n'aura point d'effet?
Eſt-ce à toy reſpond il ſon confident infame
A me repreſenter ny l'honneur ny le blâme,
Va, ne t'offres iamais à mon royal aſpect
Et retourne en ta Perſe aprendre le reſpect,
Pour Deſpine, dy luy, qu'aux filles de ſa ſorte
On ne peut trop blâmer l'ardeur qui la tranſporte,
Et que i'ay trop de gloire, & trop de iugement
Pourſuiure vne beauté qui vit peu ſagement,
Auiourd'huy que le feu de nos dernieres guerres
Va reſpandre ſa flame au milieu de ſes terres,
Il luy ſieroit bien mieux d'eſtre parmy les ſiens
Que d'errer vagabonde à la mercy des miens,
I'allois luy repartir quand d'vn regard farouche
De reſpect & de crainte il m'a fermé la bouche,
L'image de l'enfer en ſes yeux à paru
La frayeur de la mort dans mes os à couru
Et comme ſi mes pieds euſſent ietté racine
I'ay reſté quelque temps immobile.

DESPINE.

O Deſpine,
Deſpine infortunée, & dont le reconfort
Doit eſtre ſeulement la vengeance ou la mort.

ALVANTE.

Pour vous faire raison d'vn si sensible outrage
Il faut que le mespris pique vostre courage.

DESPINE.

O grands Dieux des desseins tous de fer & de feu
Pour le tort qu'on me fait sont encore trop peu,
Sus donc restes honteux d'vne amour offensée
Tendresses, & pitie, sortez de ma pensée
Au contraire entrez y, despit, desdain, courroux
Haine, rage, & fureur, ie m'abandonne à vous.
Partons, partons dicy, cher & fidelle Aluante
Et puis qu'il me refuse en qualité d'Amante
Et que de mes faueurs il fait si peu de cas,
Qu'il espreuue ma haine au milieu des combats
C'est là que tu m'auras pour mortelle ennemie
Lasche qui m'as traitée auec tant d'infamie,
C'est là que ma valeur me doit faire raison
Et de ton insolence, & de ta trahison.
C'est là que par ma main autrefois esprouuée
Tu perdras la clarté que ie t'ay conseruée,
Allons fidelle Aluante, allons il faut partir
Et se mettre en estat de promtement sortir,
C'est pourquoy de ce pas courez à l'Escurie
Et puis qu'elle est si loin de nostre hostellerie,

Volez y s'il se peut, & faites s'il vous plaist
Que nous ayons dans peu nostre equipage prest,
Et pour moy ie retourne au logis ou nous sommes
Preparer au depart mes femmes, & vos hommes.

ALVANTE.

Ie le feray Madame.

DESPINE.

Allez.

ALVANTE.

Cela vaut fait
O destins que ma fourbe à fait vn bel effait.

SCENE IV

DESPINE, seule.

MAis quel est mon dessein, folle, mal aduisee
Et par ma propre faute à bon droit meprisee,
Et quoy si la fureur m'emporte à me vanger
De l'outrageux mépris de ce lasche estranger,

La raison veut aussi que ma rage insensée
Esclate dessus moy qui me suis offensée,
Qui me suis procuré le trouble ou ie me voy
Et qui plus que tout autre ay failly contre moy,
Sus mon cœur imprudent, sus mon ame coupable
De plaisir ou d'espoir desormais incapable
A la mort, à la mort, mais allons la chercher
Deuant les yeux cruels de ce viuant rocher,
Afin que de mon sang sa robbe ensanglantée
Trouble au moins de remors son ame espouuentée,
Et qu'au lieu du regret ce spectacle d'horreur
Luy iette dans l'esprit l'Enfer & sa terreur.

SCENE V.

RVSTAN, OSMAN.

RVSTAN.

C'Est sa main, c'est sa lettre, & la Reine en à d'elle
Qui nous pourrons seruir de preuue & de modelle,

Enfin ie ne croy pas qu'apres vn si grand coup
L'Esprit de Solyman nous resiste beaucoup;
Mais d'autant qu'il est Pere, & qu'en cet e aduanture
Il nous faut auec l'art garder que la Nature
Ne calme en luy les flots que i'y veux fousleuer
Voicy l'inuention que ie viens de treuuer
Mon Secretaire Ormin ne voit point d'escriture
Dont sa plume à peu pres n'imite la peinture
Ie viens de luy prescrire, & la forme & le sens
D'vne lettre où ie veux que le Roy des Persans
Traitte d'intelligence auec le fils du nostre
Que nous mettrons apres en morceaux comme l'autre,
Il apprendra par là que le Prince à promis
D'entrer en alliance auec ses ennemis,
Et que pour cet hymen la fureur qui le guide
Doit allumer la torche auec vn parricide,
Si bien qu'en cette mer battu de tant de vents
En son cœur agité flots sur flots esleuans
Auec l'aueugle amour qu'il porte à la Sultane
Sa raison à la fin perdra la Tramontane,
La fortune & l'amour ont l'ouurage aduancé
Mais il faut acheuer ce qu'ils ont commencé,
Et sur vn incident fortuit & veritable
En forger vn expres de nature semblable,

Or

Or ce qui me fait prendre vn si hardy dessein
C'est que i'ay du Persan le Cachet, & le sein,
Sur quoy ce grand Colosse, & d'art, & d'imposture
Auec son pied d'estail trouue sa couuerture.
Pour luy ses grands emplois le diuertissent tant
Qu'il ne verra iamais les pieges qu'on luy tend,
Et d'ailleurs que sçait-on, si lors que ie l'opprime
Le chastiment en luy ne preuient point le crime ?
Que sçait-on, & pour moy i'y trouue assez de iour
Si la rebellion ne suit point son amour?
Possible en le perdant, possible apres sa perte
La verité du fait nous sera decouuerte
Cependant il est bon qu'en le faisant perir
Il coure le hazard qu'il nous feroit courir,

OSMAN.

C'est bien dit & pour moy s'il faut que ie vous serue
Ie le feray tousiours par tout & sans reserue.
Aux despens de la vie aux despens de l'honneur
Ne connoissant que vous de maistre & de Seigneur.

RVSTAN.

Croy si i'attains aussi la grandeur oui'aspire
Que ta condition n'en deuiendra pas pire,
A propos garde bien qu'vn langage indiscret
Ne fasse entrer la Reine en ce dernier secret,

I'ay tantost remarqué qu'elle ne suit qu'à peine
Les violents conseils que m'inspire la hayne
Ie luy treuue vn Esprit, mol, lent, irresolu
Qui veut, & ne veut plus ce qu'il aura voulu,
En vn mot, sans la peur du danger qui la presse
Et que i'accrois tousiours auec beaucoup d'adresse
Ie ne sçay si son cœur qui craint plus qu'il ne hayt
Acheueroit l'affaire au gré de mon souhait.

OSMAN.

Seigneur à quelque employ que vostre ordre m'appelle
Ie suis esgalement circonspect, & fidelle.

SCENE VI.

SOLIMAN, ACMAT.

ACMAT.

S Il le Prince auoit eu cette damnable enuie
Ce qui ne fut iamais (au peril de ma vie)
Il a comme l'on sçait trop d'esprit & de sens
Pour ioindre sa foiblesse, à celle des Persans
Il à couru la Perse, & la doit bien connestre.

SOLIMAN.

Trop trop pour mon salut, & pour le sien peut-estre:
Ce fut en ce voyage & durant sa prison
Qu'il estreingnit le nœud de cette trahison,

ACMAT.

S'il y fit vn voyage, il l'y fit par vostre ordre:
Et la dent du soupçon n'a pas suiet d'y mordre,

Non Seigneur, & s'il plaist à vostre Maiesté
Ie suis plege enuers tous de sa fidelité,

SOLIMAN.

Vous aduancez beaucoup, Acmat.

ACMAT.

N'importe Sire
Il n'est rien neantmoins qui m'en fasse desdire,
Sa vertu precieuse à tous les gens de bien
N'est pas moins mon garand que la mienne est le sien.

SOLIMAN.

Sa vertu qu'il estalle auec tant de pompe
Est le masque & l'appas sous lequel il vous trompe.

ACMAT.

Ah Seigneur, le soupçon, ce monstre sans pitié
Loge bien tost la hayne, ou logeoit l'amitié,
C'est pourquoy cependant qu'il vous en reste encore
Deuorez-le vous mesme auant qu'il vous deuore,
Eh de grace aydez vous, estouffez ce serpent
Dans le mesme venin qu'il souffle, & qu'il respant,
Vous mesme ayez soupçon du soupçon qui vous ronge
Et vous en desmeslez comme d'vn mauuais songe,

Quand vn songe effroyant trouble nostre sommeil
Nous nous en deliurons auec vn prompt reueil,
Ainsi nous euitons en ouurant la paupiere
Le danger d'vn brasier, celuy d'vne Riuiere,
Un Tigre, vn Assaßin, & cent genres de morts
Qui font fremir de crainte, & l'esprit & le corps,
En cette occasion l'aduanture est pareille,
Dans l'erreur du soupçon vostre raison sommeille,
Esueillez là Seigneur, & vostre Maiesté
Trouuera le repos auec la verité,

SOLIMAN.

Ie le desire Acmat, & desia ie l'espere
Tant vos sages discours ont vn effait prospere
I'ay tantost commandé qu'on le fit reuenir
Noradin, en à l'ordre allez le retenir.

ACMAT.

Ie vay de vostre part luy dire qu'il attende.

SOLIMAN.

Et qu'il ne parte point que ie ne le commande
O Dieux, ie conclus bien pour la derniere fois
Que les bons Conseillers sont le tresor des Rois,
Les puissantes Raisons qu'il vient de me desduire
Vont ranger mes soupçons au point de se destruire,

Et si ie n'ay la paix, ie sens bien pour le moins
Que desia leur vertu donne treue à mes soins.

SCENE VII.

RVSTAN, SOLIMAN,

RVSTAN.

NY paix ny treue encor guerre guerre mortelle
Fers au Prince, ennemy, mort au fils infidelle,

SOLIMAN.

Hola quest-ce Rustan?

RVSTAN.

Vn prodige d'horreur,
Qui vous doit mettre au sein la haine & la terreur.
Montrât les papiers. *O sort tu fais bien voir en ces marques funestes*
Que Soliman est cher aux puissances Celestes,
Osman passoit n'aguerre à ce qu'il m'a conté
Vn coin qui du Palais est le moins frequanté,

Lors qu'vn homme, ou surpris de crainte à sa venuë
Ou d'autre passion qui nous est inconnuë,
(Peut-estre de remords) a doucement coulé
Ces fragments sur la terre, & puis s'en est allé,
Luy d'vn soin curieux les tire de la fange
Et puis d'vn art heureux les place, & les arrange,
Enfin ayant connu quel estoit le forfait
Il me la descouuert, voyez: le coup est fait.
Il change de couleur.

SOLIMAN.

L'ame triste esperduë,
Entre l'estonnement, & l'horreur suspenduë,
Bref d'esprit & de corps, esgallement perclus
Ie me cherche en moy mesme, & ne m'y treuue plus.

RVSTAN.

Que lés tristes pensers ou vostre ame s'abisme
Ne vous empeschent pas de preuenir son crime
Puisque vostre salut consiste à le punir.

SOLYMAN.

Ouy. ie vay commander qu'on le fasse venir
Sous couleur de luy dire vne affaire importante.

RVSTAN.

Mais s'il faiſoit refus d'abandonner la tente?

SOLYMAN.

On verroit dans ſon ſang ſon crime ſe lauer
Au milieu de ſon Camp où ie l'irois treuuer.
Entrons! ô Ciel! ô Sort.

ACTE III.

SCENE PREMIERE

MVSTAPHA, BAIAZET. SOLDAT.

SOLDAT accourant.

GRand Prince, Bajazet vous coniure d'attendre
Pour secret important que vous deuez entendre,
Voyez le qui fait signe, & s'auance à grands pas.

MVSTAPHA.

Ses Chefs le suiuent-ils?

SOLDAT.

Seigneur ie ne croy pas.

MVSTAPHA.

Puis qu'il l'aisse le Camp, ou tumulte ou querelle
Ou plus triste accident au quartier me r'apelle.

BAIAZET, arriuant.

Ah Seigneur gardez bien d'entrer dans le Palais
Si vous n'auez dessein de n'en sortir iamais,
Là si vous l'ignorez la mort vous est certaine
Par le traistre Rustan, & la meschante Reyne.

MVSTAPH

Et le sçauez vous bien?

BAIAZET.

Ouy Seigneur ie le sçay
Si bien & si vrayment, qu'il n'est rien de plus vray,
Ie r'entrois dans le Camp d'ou vous sortiez à peine
Lors qu'vn Page du Roy, fils du fidelle Ormeine,
Et frere de Dragut que vous connoissez tant
M'est venu descouurir ce secret important.
Il m'a dit qu'à trauers de la tapisserie
D'vn petit cabinet qui ioint la gallerie,
Il à veu Roxelane, & Rustan à genoux
Qui coniuroient le Roy de s'asseurer de vous,

A ce que par ces mots de Suplice & de faute
Qu'ils proferoient souuent d'vne voix assez haute,
Et par vostre nom propre, il en a pû iuger
Or de quelle imposture ils ont pû vous charger,
Qui ne peut estre enfin que d'extresme importance,
Ny quelle est du Sultan la derniere sentence
Au bruit d'vn suruenant la peur d'estre surpris
Est cause ce dit-il qu'il ne la point apris,
Mais il iuge pourtant, que las de se defendre
L'Esprit de Solyman estoit prest à se rendre,
C'est pourquoy sauuez vous comme vous le deuez.
Tandis qu'il en est temps, & que vous le pouuez.

MVSTAPHA.

Prendre sitost l'alarme, & sur la foy d'vn Page
C'est m'anquer à la fois d'esprit, & de courage.

BAIAZET.

Quand vn aduis s'accorde auec la verité
De quelque part qu'il vienne il doit estre escouté.

MVSTAPHA.

Mais qui vous fait treuuer cettuy-cy veritable?

BAIAZET.

Le raport que i'y treuue auec le vraysemblable,
Vous sçauez que Rustan est enragé de voir

Que vous nous commandez auec tant de pouuoir,
Et qu'il se voit reduit depuis vostre arriuée
A viure auec sa charge en personne priuée,
Orie ne doute point que ce lasche & malin
Ne scache que la Reyne, aymant son fils Selin
Par vne consequance euidente & certaine
Vous regarde en marastre auec des yeux de haine,
Et ne la fasse agir comme vn puissant ressort
A remuer l'esprit du vieillard qu'elle endort.

MVSTAPHA.

Mais comment sçauroient ils le mettre en deffiance
D'vn qui vit sans reproche auec sa conscience,
Leur charme est-il si fort sur le sens paternel
Que d'vn fils innocent en faire vn criminel?

BAIAZET.

La noire calomnie, & l'enuie au teint blesme
Arresteroient la dent sur l'innocence mesme
Qui sçait si par hazard ces courages peruers
Ont point de vostre amour les secrets decouuers?
Et si c'est point par la que l'vn & l'autre espere
De rendre vostre foy suspecte a vostre Pere.

MVSAPHA.

Ouy. celuy la peut estre, & la meschanceté
Seroit bien au plus haut qu'elle ayt iamais esté,

Il est vray que i'adore vne beauté diuine
I'ayme, & vous le sçauez la vaillante Despine,
Mais ie vous iure encor ce que par cy deuant
Sur ce mesme propos i'ay iuré si souuent
Qu'au milieu des ardeurs de la plus belle flame
Dont le flambeau d'Amour puisse brusler vne ame,
Ie garderay tousiours le respect, & la foy
Que mon Pere & Seigneur doit attendre de moy,
Mais apres cette guerre à ma charge commise
Soit vaincu, soit vainqueur, & sans plus de remise
Ie luy veux demander cette ieune beauté
Pour prix de mes trauaux ou de ma loyauté,
Et si de son refus ma priere est suiuie
Alors ie finiray ma miserable vie,
Auec ce double tiltre au fond du monument
De fils respectueux, & de fidelle Amant:
Et le Ciel reprendra mon ame infortunée
Pure comme elle estoit quand il me l'a donnée
Luy mesme, & Baiazet peuuent voir si ie ments
Eux qui sçauent ma vie, & mes deportements.

BAIAZET.

En vain le Ciel & moy sçauons vostre innocence
Si la terre & le Roy n'en ont pas connoissance,
Les Rois quoy que d'vn sang le plus proche des Cieux
N'ont pour voir dãs nos cœurs que de terrestres yeux,

Et dans l'Estat qu'ils sont & celuy que nous sommes
Nous commandent en Dieux mais nous iugent en hommes,
Euitez donc Seigneur vn danger apparent
Contre qui l'innocence est vn mauuais garant
Et ie ne doute point si vous me voulez croire
Que l'art des imposteurs ne serue à vostre gloire,
Et que la verité cette fille du temps
N'adioute vn nouueau lustre à vos iours esclatans.

MVSTAPHA.

Non braue Baiazet, quelque sort qui m'attende
I'yray trouuer le Roy, puis que le Roy me mande,
Apres l'ordre receu de son commandement
I'auance ses soupçons par mon retardement,
Et suiuant vos conseils ie perds mon innocence
Par le crime qui suit la desobeyssance.

BAIAZET.

Seigneur que l'interest de tant de gens de bien
Dont vous estes l'Amour, l'Espoir & le soustien
Vous fasse au moins surseoir ce voyage funeste.

MVSTAPHA.

Ie fay ce que ie doy, le Ciel, fasse le reste
Mais que veut cette Esclaue auecque ce mouchoir

Qu'elle à semblé ietter plustost que laisser choir.

L'esclaue paroist au Balcon ou sur vne porte,

BAIAZET.

Donnez le moy Soldat, n'auez vous point pris garde
Qu'elle s'est retirée afin qu'on y regarde,
C'est sans doute vn aduis qu'elle vous veut donner
Et le nœud que i'y voy me le fait deuiner,
Ah Seigneur ce billet n'est point coup d'auanture
C'est pourquoy hastez vous d'en faire la lecture.

Il denoue le coin du mouchoir.

Lettre d'Hermine à Mustapha.

PRince vos ennemis brassent vostre trespas
Receuez sans soupçon l'aduis que ie vous dõne,
Afin que ce bien fait ne vous estonne pas
En voicy le suiet qui n'est sceu de personne.

La Chypre est mon pays, ce fut ou mon bonheur
Me fit choir en vos mains quand ie fus asseruie,
Là vous pristes le soin de me sauuer l'honneur
Et ie le prens icy de vous sauuer la vie.

MVSTAPHA.

O Dieux secourez moy.

BAIAZET.

Si vous le connoissez.
Et la terre & le Ciel vous secourent assez,
Les conseils, les aduis, vous pleuuent l'vn sur l'autre
Et bien loin d'empescher vostre perte & la nostre,
Vous courez au peril que l'on vous à montré.

SCENE II.

PAGE.

O Seigneur, qu'à propos ie vous ay rencontré
Retournez vistes au Camp, ou s'espand vn murmure
De malheureux presage, & de naissance obscure
Le bruit de vostre mort dont vos Chefs sont troublez
Dans le grand Pauillon les auoit assemblez,
Mais le Conseil tenu, la plus grande partie
A resté dans larmée, & l'autre en est sortie,
Ceux-là pour ordonner, ceux-cy pour s'enquerir
Et tous pour vous vanger, ou pour vous secourir,

I'ay

I'ay laissé les derniers dans la place du change
Qui feront dans Alep, vne rumeur estrange,
Si vous mesme Seigneur, ne courez au deuant
Pour leur faire sçauoir que vous estes viuant.

MVSTAPHA.

Ah mon fidelle amy, donnez vous cette peine
Allez les asseurer que leur frayeur est vaine
Dites leur que ie vis.

BAIAZET.

Ie leur dirois plustost
Que si vous n'estes mort vous le serez bien tost,
Mais enfin quand i'irois pensez vous qu'ils me croyent?
Il est besoin pour vous & pour eux qu'ils vous voyent
Pour vous qui craignez tant de vous rendre suspect
Et pour eux dont les cœurs demandent vostre aspect.

MVSTAPHA.

O! Dieux le mal s'accroit pendant que ie consulte
Allons donc à la place apaiser ce tumulte.

SCENE III.

RVSTAN, ſeul, allant chez la Reyne.

CEt importun Acmat qui parle auec le Roy
S'il ſçait noſtre ſecret ne luy dit rien pour moy,
Que ſi de ſes conſeils il forme vne machine
Qui de mon ennemy retarde la ruine,
La Reyne à qui le Roy ne peut rien refuſer
Eſt la machine auſſi qu'il luy faut oppoſer,
La peur qui par mon art la rendu plus hardie
Va la faire reſoudre à quoy que ie luy die.

SCENE IV.

SOLIMAN, ACMAT,

SOLIMAN.

Il sort en colere.

POint point, le caractere est bien virifié
D'abord autant que vous, ie m'en suis defié,
Mais plus i'ouure les yeux plus i'y voy de lumiere
Et la seconde preuue asseure la premiere.

ACMAT.

Apres le iugement de V. M.
Ie n'ose plus douter de cette verité,
Mais pour tant de papiers (auec vostre licence)
Ie doute que le Prince en ayt moins d'innocence
La malice ennemie a semé ce poison
Afin d'en infecter vous & vostre maison,
Et perdre vostre fils par ces lettres maudites
Luy qui perdra bien tost ceux qui les ont escrites,

Si comme le dessein il en à le pouuoir
Que sans l'appuy du vostre il ne sçauroit auoir.

SOLIMAN.

Pour vn esprit malsain, ou qui veut qu'on le flatte
Cette explication est assez delicate,
Non, pour moy qui veux voir, & mon mal & mon bien
Mais suiuez vostre sens, & ie suiuray le mien,
Quand il sera venu, s'il à dequoy respondre
Aux accusations qui le peuuent confondre,
En ce cas (mais le Ciel ne nous ayme pas tant)
Il est fils glorieux & moy Pere content
Ie luy confirmeray la charge qu'il excerce
Et la commißion du voyage de Perse
Sinon ie sçauray bien punir son attentat
Par l'ordre des Maieurs, & les loix de l'Estat.
Sans que ses partisans, ny tous ces trente Princes
Qui pour suiure son crime ont quité leurs Prouinces,
Ny tout vn Camp gagné par sa profusion
Le puissent garantir en cette occaßion.

SCENE V.

RVSTAN, SVLTANE, HERMINE.

RVSTAN.

A Ce dernier effort employez ie vous prie
Tout ce que vous auez de force & d'in-
dustrie.

SVLTANE.

Le Ciel grand Empereur, ayt soin de vous garder
Mais à quoy pensez vous? qu'auez vous à tarder?
Que vos iustes fureurs n'ont desia mis en poudre
Ce front qui sur tout autre est digne de la foudre,
Ce fils audacieux qui n'a que trop vescu
Apres les crimes noirs, dont il est conuaincu,
Il à desia conclu vostre mort & la mienne
Et vous estes encore à consulter la sienne,
Que fait en ce danger vostre cœur endormy
Qu'il n'agit point du tout ou n'agit qu'à demy?
Dequoy vous sert ce don de sagesse profonde
Dont la vaste estenduë embrasse tant de monde,

Luy qui vous fait preuoir les choses de si loin
Si pour les maux presents il vous manque au besoin?
Non, ie ne pense pas qu'en ce forfait enorme
L'Esprit de Solimans'assoupisse ou s'endorme,
Et que pour n'estre pas obligé d'y pouruoir
Il faigne d'ignorer vn mal qu'on luy fait voir
Puis que cette paresse, ou cette indigne feinte
Le feroient soupçonner de foiblesse, & de crainte,
C'est qu'il luy reste encore vn amour Paternel
Qui luy parle en faueur de ce fils criminel,
Et le rend nonchalant à punir son offence
Sous l'espoir mal conçeu de sa resipicence,
Mais croyez cher Seigneur qu'vn cœur ambitieux
Veut tomber aux Enfers ou s'esleuer aux Cieux,
Qu'il fait de son audace, ou son throsne, ou sa tombe
Amoureux du Fardeau, sous lequel il succombe,
Sire, souuenez vous que des pensers pareils
Ont rarement fait place à de sages Conseils,
Et que si l'insolent à ce coup vous eschape
Vous ne le verrez plus, que son bras ne vous frape,
Car quel autre que luy voudroit tremper ses mains,
Dans le sang sacré sainct du meilleur des humains?

RVSTAN.

Bon!

ACMAT.

O mauuais discours.

SOLYMAN.

Ne pleurez plus Madame,
Rendez à cela prez l'asseurance à vostre ame
I'y donneray bon ordre, & tel qu'à l'aduenir
I'en auray moins suiet de craindre & de punir.

RVSTAN.

L'affaire va tres-bien.

SOLIMAN.

Auant que le iour passe
On sçaura qui des deux doit regner sur la Thrace, Icy Solimã fera quelque pas.
Noradin la laissé qui venoit sur ses pas
Il sera tost icy.

HERMINE.

Ie ne le pense pas. Sentiment caché.

SOLYMAN.

Allez viuez en paix.

SVLTANE.

Icy la Sultane rètre. *Ah Seigneur l'apparence,*
La paix pourroit elle estre, ou n'est pas l'asseurance

SCENE VI.

SOLIMAN, ACMAT, RVSTAN,

RVSTAN.

Seigneur à dire vray, la Reyne à bien raison
Desormais les Conseils ne sont plus de saison,
Ou la chose est visible ou les preuues sont claires
Les consultations ne sont plus necessaires,
Sire, fassent les Dieux que ie puisse mentir
Mais vostre Maiesté pourroit s'en repentir.

ACMAT.

En vne occasion de pareille nature
On ne peut proceder auec trop de mesure,

Et

Et quoy que vous disiez, les Conseils violents
Traisnent le repentir plustost que les plus lents,
Il s'agit en cecy d'vne teste choisie
Apres celle du Roy, la plus chere à l'Asie,
D'vn Prince beau, vaillant, des bons tousiours aymé
Redouté des meschants & de tous estimé,
Il s'agit de l'amour d'vne puissante armée
De Soliman luy mesme, & de sa renommée,
Bref il s'agit de tout, & ie ne pense pas
Qu'on y puisse apporter vn trop iuste compas.

RVSTAN.

Acmat doresnauant si vous voulez bien faire
Ou parlez autrement ou songez à vous taire,
En matiere d'Estat on prend part au forfait
Pour trop parestre amy, de celuy qui l'a fait.

ACMAT.

Ma foy, de qui trente ans ont fait l'experience
Suffit pour mon estime, & pour ma conscience.

RVSTAN.

Mais le Roy cependant depuis vos beaux discours
N'a rien fait que resuer & souspirer tousiours.

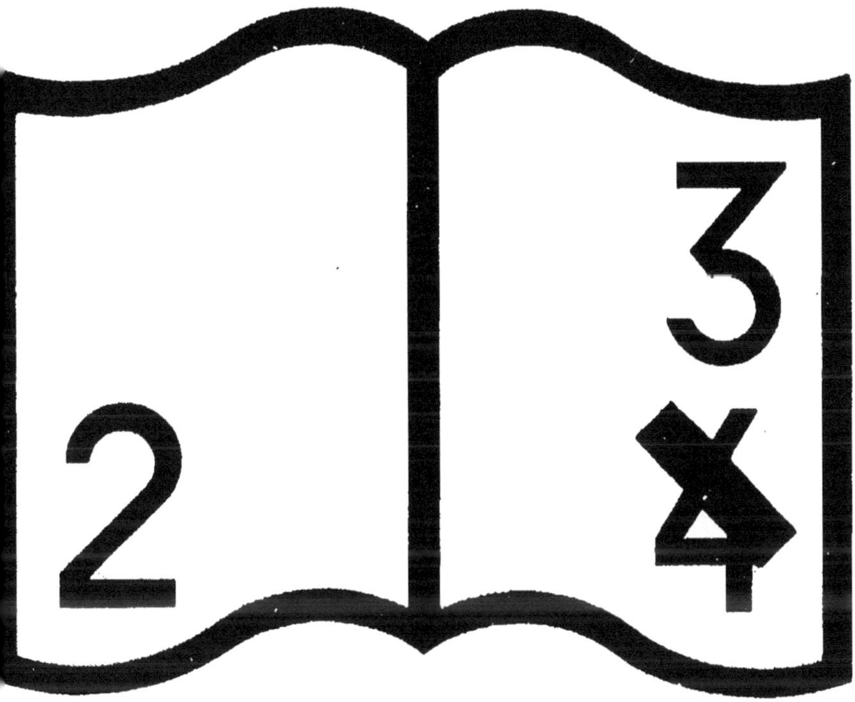

Pagination incorrecte — date incorrecte

NF Z 43-120-12

ACMAT.

Qu'il resue, à la bonne heure, en ce peril extresme
Son meilleur Conseiller, c'est son sens, c'est luy mesme,
Il est plus entendu ny que vous ny que moy
Mais s'il me vouloit croire, il n'en croiroit que soy.

SOLIMAN.

O Fils! ô Fils! ô Dieux! mais qu'est-ce que veut dire
Ce peuple curieux que le spectacle attire

RVSTAN.

Il suit vn prisonnier qui vient.

SOLIMAN.

Ou?

RVSTAN.

Le voila.

SOLIMAN.

Ie le voy, que peutce-estre?

SCENE VII.

GIAFER, DESPINE, SOLIMAN, RVSTAN, ACMAT.

GIAFER.

AMis, demeurez là
Que le respect du Roy vous soit vne barriere
Ieune homme aduancez vous.

DESPINE.

O! plaisante carriere
O! belle occasion pour courir a la mort.

GIAFER.

Sire, i'estois en garde à la porte du Fort
Où i'ay veu ce ieune homme, esgaré, triste, blesme,
Tel enfin qu'à vos yeux il se fait voir luy mesme
Le soupçon que i'ay pris qu'il venoit de tenter
Ou de faire vn forfait, me l'a fait arrester,

D'abord nous n'auons sceu non plus que d'vne Idole
Luy tirer de la bouche vne seule parole,
Enfin, long temps apres par sa confeßion
Il s'est trouué Persan, & de plus Espion.

SOLIMAN.

Espion & Persan?

DESPINE.

Ouy, ouy, ie le confesse.

ACMAT.

O! l'imprudent garçon!

SOLIMAN.

Voyez la hardiesse.

RVSTAN.

Ou plustost l'impudence.

SOLIMAN.

Esloignez vous Soldats,
Icy Solim. parle bas auec Rustan. *Rustan, approchez vous.*

ACMAT.

Puis qu'il parlent tout bas,
Ie leur deuiens suspect, & tiens pour veritable
Que le Prince est perdu.

SOLIMAN.

Vien, ça, vien miserable
Connois-tu ces papiers ce cachet & ce sein,

Tu rougis ne ments pas, tu le ferois en vain
Respons, les connois tu?

DESPINE.

Ie les doy trop connestre
Ouy ie les connois bien, O! le lasche, ô! le traistre,

RVSTAN.

O Dieux, qu'heureusement en cette occasion
Ie tire mon profit de sa confusion. Sentiment caché.

SOLIMAN.

Et c'est à Mustapha, que le paquet s'adresse?

DESPINE.

O Ciel!

SOLIMAN.

Que tardes-tu, veux tu que l'on te presse
Parle au lieu de trembler, tu trembleras apres

RVSTAN.

Il pourroit à la fin le presser de si pres
Qu'il me gasteroit tout.

SCENE VIII.

ALVANTE.

O Fille sans conduite
Helas en quel estat vous trouue-ie reduite,

SOLIMAN.

A la fin t'on silence aigrira mon courroux
Et tu n'en auras pas vn traitement plus doux,
Respons ou les tourments.

RVSTAN.

Seigneur, sans violence
Receuez en l'adueu que vous fait son silence,
Le malheureux qu'il est respond en ce taisant.

SOLIMAN.

Bien donc ostez le moy cet obiet desplaisant
Et qu'vne prompte mort soit le digne salaire,
Que merite enuers moy son dessein temeraire
Tu mourras scelerat.

DESPINE.

Ie l'ay bien merité.

Cecy ce dit tous haut

ALVANTE.

Ah Sire.

RVSTAN.

Et quoy, que veut ce vieillard effronté.

ALVANTE.

Si i'obtenois de vous vn moment d'audiance
Ie n'abuserois pas de vostre patience.

SOLYMAN.

Quel es-tu?

ALVANTE.

Seruiteur de cet infortuné
Que vous auez vous mesme à la mort destiné.

SOLYMAN.

Et que demandes-tu?

ALVANTE.

Ie demande sa grace
Vtile & glorieuse au grand Roy de la Thrace.

SOLIMAN.

Il resue le bon homme.

RVSTAN.

Il n'en faut pas douter

ACMAT.

Seigneur à tout hazard vous deuriez l'escouter.

SOLIMAN.

Ie le veux, leue toy, mais auant toute chose
Aprens que ie chastie alors que l'on m'impose.

RVSTAN.

Voicy l'homme d'Osman, mais le sort soit loué
Ma fourbe est à couuert, l'autre à tout auoué.

ALVANTE.

Grand Roy, ce prisonnier est si cher à son Prince
Qu'il le rachepteroit d'vne grande Prouince.

DESPINE.

Aluante, taisez vous, ou parlez s'il vous plaist
Mais laissez ma fortune en l'assiette qu'elle est.

ALVANTE.

Bien plus, c'est que iamais la plus riche victoire
Ne vous peut aporter tant de fruit ny de gloire,

Comme

Comme l'humanité vous en fera venir
Si vous luy pardonnez au lieu de le punir.
Puis qu'ainsi vous rendrez si vous le voulez faire
La moitié de la Perse à vos loix tributaire,

SOLIMAN.

Mais en fin, quel est-il ? oste nous de soucy.

ALVANTE.

Cette cy grand Monarque, & non plus cettuy-cy
D'vn Roy tres malheureux, fille tres malheureuse,
Est la belle Despine aux armes si fameuse,
Voyez.

DESPINE.

Que faites vous ?

ALVANTE.

Ses beaux cheueux pendans
Que le Turban & l'Art resserroient au dedans.

DESPINE.

O zele iniurieux ? Icy il luy oste son Turban.

ACMAT.

O merueilleux spectacle !

RVSTAN.

Or que fera le Ciel de ce nouueau miracle !

SOLIMAN.

Mais toy qui tiens nos sens, & nos yeux esbahis
Quel sort, ou quel dessein t'ameine en mes pays?
Aprens nous ce secret.

ALVANTE.

Ie vous l'apprendray Sire

DESPINE.

Escoute le plustost de moy qui le vay dire
I'y viens pour espier, apprendre, & rendre vains
Tes forces, tes conseils, tes iniustes desseins
En vn mot si le Ciel m'auoit assez aymée
Pour t'opprimer toy mesme aux yeux de ton Armée

ALVANTE.

Ah Sire, plaignez-la mais ne la croyez pas
Pour vn autre suiet elle court au trespas,
Vne autre occasion la rendit inconnuë
Et l'amour pour tout dire à causé sa venuë.

DESPINE.

Ah pourquoy voulez vous augmenter sans profit
Ma honte & mes douleurs?

SOLYMAN.

En effet il suffit,
Nous n'auons pas besoin d'estre informez du reste

RVSTAN.

Sire, vous le voyez, la chose est maniste.

ACMAT.

O Dieux!

SOLYMAN.

Peut estre Amat vous n'en douterez plus
Mais sans perdre le temps en discours superflus
Ie m'en vay donner ordre à ce qui me regarde Ces Vers se disent à Rustan en particulier.
Tant pour faire auancer & redoubler ma garde,
Qu'afin que dez ce soir tout l'apareil soit prest.
Pour l'excecution de mon dernier arrest,
Vous Rustan, cependant ayez soin qu'on la meine
Comme fille Royalle, au quartier de la Reyne,
La nous luy ferons voir lors qu'il en sera temps
Cet espoux pretendu qui vient & que i'attends,
Suy moy vieillard.

ALVANTE.

O fille! ô malheureux Aluante.

DESPINE.

Et moy dans mon malheur satisfaite & contente.

SCENE IX.

RUSTAN, DESPINE, GIAFER.

RUSTAN.

MAis ie rumine icy, le vieillard suit le Roy
Il seroit à propos, qu'il fust aupres de toy,
Va luy persuader qu'il vaut mieux qu'il le laisse
Pour estre sous ta garde aupres de sa Maistresse
Il cour apres le Roy qui est entré dans le Palais, *Soldats attendez moy, ie ne tarderay pas*

SCENE X.

MVSTAPHA, ORMONTE DESPINE.

MVSTAPHA.

ORmonte.

ORMONTE.

Monseigneur.

MVSTAPHA.

Retourne sur tes pas
Tu verras Baiazet qui du bout de la ruë
Me suit auec les siens sans me perdre de veuë,
Va t'en à sa rencontre & luy dis de ma part
Que s'il veut m'obliger il se tienne à l'escart
Prens außi mon espée afin que l'innocence
De ce flanc desarmé soit la seule deffence.

DESPINE.

Ah spectacle, ah douleur.

MVSTAPHA.

Oste encor le Baudrier.

DESPINE.

O ma gloire, ô mon cœur, voicy vostre meurtrier
C'est bien tres iustement que tu quittes l'espée,
Ame dans la bassesse, & la fraude trempée
Quitte encor, pu[illegible] qu'au moins tu connois tes defaux
Le nom de Caual[illegible] que tu portes à faux,
Cherche pour te cach[illegible]r la solitude & l'ombre,
Ou parmy les rochers dont tu croistras le nombre,
Demeure auec les Ours si semblables à toy
Cruel, ingrat, meschant, sans honneur, & sans foy.

MVSTAPHA.

O Sort, cette rencontre est-ce vn charme? est-ce vn songe?
Ou possible vne erreur ou mon desir me plonge.

DESPINE.

Non non, ta cruauté m'a reduite à ce point
Au gré de ton desir qui ne t'abuse point,
Ouy mon cœur est outré de veritables peines,
Ouy mon corps est chargé de veritables chaisnes,

Ouy, ma mort qui me plaist, puis qu'il te plaist ainsi
Sera dans peu de temps tres veritables aussi.

MVSTAPHA.

O Ciel il est trop vray, c'est la beauté que i'ayme
Mais, vous plus insolents que l'insolence mesme,
Rendez moy ce tresor indignement gardé.

RVSTAN, arriuant la dessus auec Aluante.

Tout beau, tout beau Seigneur, le Roy la commandé

MVSTAPHA.

Ie ne conteste point ce que le Roy commande,
Mais auecque raison ie doute qu'il entende
Qu'on exerce en son nom enuers cette beauté
Et si peu de respect, & tant de cruauté,
Mais ce discours à part, souffrez ie vous supplie,
Que pour la bienseance, au moins on l'a deslie.

MVSTAPHA.

Oste encor le Baudrier.

DESPINE.

O ma gloire, ô mon cœur, voicy vostre meurtrier
C'est bien tres iustement que tu quittes l'espée,
Ame dans la bassesse, & la fraude trempée
Quitte encor, puis qu'au moins tu connois tes defaux
Le nom de Caualier que tu portes à faux,
Cherche pour te cacher la solitude & l'ombre,
Ou parmy les rochers dont tu croistras le nombre,
Demeure auec les Ours si semblables à toy
Cruel, ingrat, meschant, sans honneur, & sans foy.

MVSTAPHA.

O Sort, cette rencontre est-ce vn charme? est-ce vn
songe?
Ou possible vne erreur où mon desir me plonge.

DESPINE.

Non non, ta cruauté m'a reduite à ce point
Au gré de ton desir qui ne t'abuse point,
Ouy mon cœur est outré de veritables peines,
Ouy mon corps est chargé de veritables chaisnes,

Ouy, ma mort qui me plaiſt, puis qu'il te plaiſt ainſi
Sera dans peu de temps tres veritables auſſi.

MVSTAPHA.

O Ciel il eſt trop vray, c'eſt la beauté que i'ayme
Mais, vous plus inſolents que l'inſolence meſme,
Rendez moy ce treſor indignement gardé.

RVSTAN, arriuant la deſſus auec Aluante.

Tout beau, tout beau Seigneur, le Roy la commandé

MVSTAPHA.

Ie ne conteſte point ce que le Roy commande,
Mais auecque raiſon ie doute qu'il entende
Qu'on exerce en ſon nom enuers cette beauté
Et ſi peu de reſpect, & tant de cruauté,
Mais ce diſcours à part, ſouffrez ie vous ſupplie,
Que pour la bienſeance, au moins on l'a deſlie.

SCENE XI.

BAIAZET, ſeul s'approchant du Prince.

IL parle auec Ruſtan, & ſemble le prier
Le traiſtre eſt dangereux, il faut s'en defier.

MVSTAPHA.

Conſulter ſi long temps en matiere ſi claire
C'eſt reſpondre autant vaut, qu'on ne le veut pas faire
Soldats deſliez la.

RVSTAN.

Soldats n'en faites rien.

MVSTAPHA.

Ruſtan, ou ſommes nous? me connoiſſez vous bien?
Sçauez vous qui ie ſuis & ce que ie puis eſtre?

Icy Il leur fait ſigne de la pouſſer dans le Palais, ce qu'il font.

RVSTAN.

Quand ie vous connoiſtray pour le fils de mō maiſtre.

BA-

BAIAZET.

Regardez l'insolent.

MVSTAPHA.

Vous auriez en ce cas,
Le respect qu'on me doit & que vous n'auez pas,
Cependant vos soldats ont acheué l'audace
Mais vous le payerez.

RVSTAN.

Tel tremble qui menace.

BAIAZET.

Traistre ton insolence est sans comparaison
Mais ce bras pour le Prince en aura la raison, A ce vers il met la main à l'espee.
Porte dans le Palais ton crime, & ton suplice.

MVSTAPHA.

O Dieux qu'auez vous fait? Rustã tombe dans la porte du Palais.

BAIAZET.

Un acte de Iustice
Seigneur?

MVSTAPHA.

Mais qui me perd,

BAIAZET.

Mais plustost qui vous met,
En l'Estat glorieux qu'vn Empire promet
N'esperez que par là, garantir vostre vie,
Le danger vous y presse, & ie vous y conuie
Enfin vous le deuez, puis qu'abien discourir
Il vous faut desormais ou regner ou mourir,
Cent mille hommes armés sont tous prests à vous ioindre
Auec cent braues Chefs dont ie seray le moindre
En voicy quelques vns, & i'ay parole d'eux
Icy les Capitaines arriuét. *Sus sus Mars, & le Sort, ayment les hazardeux,*
Aduancez Compagnons, & d'vne voix commune
Esleuons ce Soleil au trosne de la Lune.
Il doit dire ceey se prosternât la face contre terre à la mode des Turcs. *Viue donc Mustapha.*

Les Capitaines tous d'vne voix,
Viue nostre Empereur.

MVSTAPHA.

Mais qu'il meure plustost.

BAIAZET.

O Dieux quelle fureur.

MVSTAPHA.

Apellez vous fureur, vn desir legitime
D'amoindrir, ou plustost d'empescher vostre crime,

Non non, il vaut bien mieux qu'vne innocente mort
M'offre seul en victime, aux choleres du Sort
Que si i'executois mes iniustes enuies
Par la perte de tant & de si belles vies.

BAIAZET.

Ne craingnez point pour nous, vous pour qui nous craingnons.

MVSTAPHA.

Genereux Baiazet, & vous chers Compagnons
Quelque espoir de salut que le Camp me propose
I'entre dans le Palais, ou ma vie est enclose,

BAIAZET.

Mais ou uous trouuerez la mort qui vous attent.

MVSTAPHA.

Ie ne sçay, mais mon ame y demeure pourtant
Si le Ciel me permet de vous reuoir encore
Ie vous aprendray mieux ce secret que i'ignore,
Adieu.

BAIAZET,

Ie suis aueugle en cette obscurité Il se iette dãs le Palais.
Cependant donnons ordre à nostre seureté,

Ils s'en vont l'espee haute frapant leurs boucliers.

Allons mes Compagnons, allons treuuer les autres
Et ne faisons qu'vn corps de leurs bras & des no-
stres,
Tant pour vanger le Prince à sa perte obstiné
Que pour nous garentir dans son Camp mutiné.

ACTE IV.

Acte 4. Acte le dedans du Palais doit paroistre iusqu'à la fin de la piece, & le dedans aux trois autres.

SCENE PREMIERE

MVSTAPHA, OSMAN,

OSMAN.

IE vay donc O Seigneur, s'il plaist à vostre Altesse
Dire à mes Compagnons qui gardent la Princesse,
L'ordre qu'ils ont du Roy de vous la faire voir.

MVSTAPHA.

Ie ne vous retiens pas, faites vostre deuoir.

Sentiment caché.

OSMAN.

C'est moy qui te retiens auec mon imposture.

MVSTAPHA, ſeul.

Examinons encor cette eſtrange eſcriture.

Il tient vn billet.

Ordre de Soliman à Muſtapha.

Allez voir voſtre Deſpine
A fin de l'entretenir,
Tandis que ie determine
Ce qu'elle doit deuenir.

O Dieux! ce mot de Voſtre, *eſt vn feu de colere.*
Qui me rend deſormais cette nuit aſſez claire
A ce peu de clarté qui luy confuſement
La ſource de mon mal ſe deſcouure ayſement,
N'ayant aucun ſuiet d'entrer en defiance
Ny de mon procedé ny de ma conſcience,
L'Amour ſeul aura fait le trouble ou ie me voy
Mais ie ne puis ſçauoir ny comment ny pourquoy
Non ie ne comprens pas quelque effort que ie faſſe
Pour quelle occaſion, ou pour quelle diſgrace
Ce deplorable obiet de mon affectioe
A dementy ſon ſexe & ſa condition
Ie ne puis conceuoir l'aduanture derniere
Qui rend cette beauté ſuſpecte, & priſonniere,
Sur tout ie me confonds, ie m'égare & me pers
Comme ſi ie tombois dans la nuit des Enfers,

Quand ie pense aux discours dõt cette ame indignée
A tantost contre moy sa fureur tesmoignée,
Quand ce cruel abord, ce regard furieux
Et ce reproche iniuste autant qu'iniurieux,
Par leurs tristes obiets dont l'image est si fraische,
Font encore en mon cœur, vne mortelle bresche
Ie meurs: si mal traité de l'Amour & du Sort
Que i'ignore en mourant la cause de ma mort,
Ie ne m'estonne pas que Rustan, & la Reyne
Poussez l'vn de l'enuie, & l'autre de la hayne.
Par leurs inuentions m'ayent rendu criminel
Et prouoqué sur moy le courroux paternel,
Ce sont tours d'ennemis, & d'esprits sanguinaires.
Qui par toutes les courts sont assez ordinaires
Ce sont coups d'enuieux, & de courages bas
Qui mesme en m'accablant ne me surprennent pas,
Mais que ie sois l'horreur des beaux yeux de Despine
Et que mon bon Genie ayt iuré ma ruine,
O Dieux d'vn si grand coup, mon esprit abbatu
Fait de son desespoir sa derniere vertu.

Tandis que ie determine
Ce qu'elle doit deuenir.

A bien examiner cette derniere ligne
On nous garde à tous deux vn traitement indigne.

L'estat ou ie l'ay veuë, & l'estat ou ie suis
Montrent qu'on nous reserue à d'estranges ennuis,
Dans ce Palais funeste, ou l'effroy m'enuironne
Chacun craint mon abord, me fuit, ou mabandonne,
Comme vn lieu desolé par la peste, & le feu
Ou que celuy du Ciel à frapé depuis peu.
Le Roy qui sous couleur d'vne affaire importante
M'a fait en diligence abandonner la Tente
Sçait que ie suis venu tesmoigner mon deuoir
Son ordre cependant me deffend de le voir
Mais i'aperçois venir l'Esclaue bien faisante
Qui semble deplorer ma fortune presente.

SCENE II.

HERMINE, MVSTAPHA, HERMINE.

SI vous eussiez pû suiure ô Prince infortuné
Le salutaire adwis que ie vous ay donné,
Ie ne respandrois pas des pleurs qui me trahissent

S'il

S'il faut qu'ils soient connus de ceux qui vous haissent
Et qui me puniroient d'vne cruelle mort
S'ils sçauoient seulement que ie plains vostre sort,
La Reyne à qui pour vous ie deuiens infidelle
Pour aprendre de moy ce que vous dites d'elle,
A voulu me choisir sur tous ses Espions
Afin de remarquer toutes vos actions,
Mais puis qu'à Famagouste, ou ie fus asseruie
Vostre extresme bonte me conserua la vie,
En me sauuant l'honneur qu'on me vouloit rauir
Ie la veux exposer afin de vous seruir.

MVSTAPHA.

Il ne seroit pas iuste Esclaue genereuse
Ny que vostre vertu vous rendist malheureuse,
Ny que mon imprudence à garder vostre escrit
Vous mist la deffiance, & le trouble en l'esprit,
C'est pourquoy cachez mieux cette douleur visible
Qui sans me profiter vous peut estre nuisible,
Et pour vostre billet tenez pour asseuré
Et croyez sur ma foy que ie l'ay déchiré.

HERMINE.

Ah Seigneur au hazard d'estre vn iour descouuerte
Que ne peuuent mes soins empescher vostre perte.

MVSTAPHA.

Et n'ay-ie aucun amy qui trauaille pour moy?

HERMINE.

Nul que le bon Acmat qui plege vostre foy
Et si ie crains d'ailleurs, c'est delà que i'espere.

MVSTAPHA.

Mais pour ietter le sort sur l'esprit de mon Pere
Quels mots si merueilleux, ont dits mes ennemis?
De quoy m'accuse-t'on? quel crime ay-je commis?

HERMINE.

Quantité disent-ils, sur tous deux effroyables
Qui pour estre trop grands doiuent estre incroyables
D'estre d'intelligence auec le Roy Persan
Et d'auoir conspiré la mort de Solyman.

MVSTAPHA.

O Dieux! est il possible, ô deuoir, ô nature!
Mais sur quoy fondent-ils cette horrible imposture?

HERMINE.

La Reyne qui souuent me parle à cœur ouuert
Ne m'a pas iusqu'icy ce secret descouuert,

Mais ce qui vous doit perdre auec plus d'aparence
C'est le Camp qui murmure, auec trop d'asseurance
Et la temerité de vostre Baiazet
Qui deuoit moderer son courage indiscret
Rustan, vit bien encor, mais sa blessure est telle
Que d'vn commun accord on la iuge mortelle
Depuis qu'il est au lit de tous les sens perclus
Son sang quand par la playe on arreste son flus
Eschape par le nez, les oreilles, la bouche
Et s'ouure cinq canaux, pour vn seul qu'on luy bouche.

MVSTAPHA.

Il sema des malheurs il en cueille le fruit.

HERMINE.

Seigneur parlons plus bas, quelqu'vn à fait du bruit
C'est Osman qui m'appelle, adieu ie me retire,
La Reyne m'enuoyoit sous couleur de vous dire
Qu'aussitost que Despine aura changé d'habits,
Ie vous l'ameneray comme on me la permis.

MVSTAPHA, seul.

Il n'en faut point douter quelque rang que ie tienne
La mort de ce meschant aduancera la mienne,
Et Baiazet luy mesme, en pensant m'obliger
Me fait plustost courir à l'extreme danger,

O Ciel! mon seul espoir & mon dernier refuge
Puis que mes ennemis ont preuenu mon Iuge,
Entreprens ma deffence & monstre à l'vniuers
Que tu n'aßistes point aux conseils des peruers,
Ou si par les raisons d'vne sagesse occulte
Le sang de l'innocent doit calmer ce tulmulte,
Contente toy du mien, & conserue aux humains
L'ouurage le plus beau, qu'ils ayent eu de tes mains.
Espargne ma Despine, ah ie l'a voy venir
O Dieux!

SCENE III.

MVSTAPHA, DESPINE, HERMINE,

HERMINE.

NE craignez pas de vous entretenir
Ie me tiendray si loin & de l'vn & de l'autre
Que ie n'entendray point son discours ny le vostre.

DESPINE.

Et bien cruel autheur de tous nos deplaisirs
Nous allons contenter tes iniustes desirs,
C'est trop peu que nos mains aux septres destinées
Ayent esté deuant toy par les tiens enchainées,
Il te faut faire aux yeux de ta barbare Cour
Vn spectacle d'horreur, d'vn miracle d'amour.
Il faut qu'en ton Palais ou i'ay fait vne entrée
Digne de l'equipage ou tu m'as rencontrée,
Ie vomisse à la fois l'ame, & le sang Royal
Afin d'en assouuir ton esprit desloyal,
Desia par tes mespris à tous maux preparée
I'aproche de la fin que tu m'as procurée,
Et l'on ne m'a presté ces habits eclatans
Que pour en faire honneur à la mort que i'attens.
Tu me vois maintenant semblable à ces victimes
Que l'on paroit iadis pour expier les crimes,
Ie leur suis toutefois dissemblable en ce point
Que les tiens par mon sang ne s'efaceront point,
Au contraire, Assassin, si l'on croit sur la terre
Qu'il regne vne Iustice au dessus du tonnerre,
Le Ciel par tes remors, & ses foudres grondants
Te doit persecuter & dehors & dedans,
Mesme ne pense pas que tes actes perfides
N'esmeuuent tost où tard le sang des Arsacides,

Qui le fer à la main viendront vanger sur toy
Ton excez d'insolence & ton manque de foy.
Ne pouuois tu chercher l'amitié Paternelle
Qu'en faisant à ma gloire vne tache eternelle,
Deuois tu l'achepter au prix de ma pudeur?
Moy qui brulois pour toy d'vne si saincte ardeur
Moy qui venant t'offrir mon cœur, & mes Prouinces
Croyois treuuer en toy la merueille des Princes,
Assaßin, qui me dois la franchise & le iour
Par les droits de la guerre, & les loix de l'amour.

MVSTAPHA.

Ie l'auouë, & veux bien belle & grande Princesse
Commencer mon discours par ou le vostre cesse,
Ouy, ie vous doy la vie, & l'accomplissement
De ce que vous promit mon amoureux serment
En fin ie vous doy tout, mes l'excez de mes dettes
Vous peut-il excuser du tort que vous me faites?
Doit-il authoriser les outrages sanglants
Que font à mon honneur vos transports violents?
Ie ne reçois de vous à toutes mes aproches
Que mespris eternels, & qu'eternels reproches.
Vous appellez sur moy la cholere des Dieux
Et prenez tant de peine à me rendre odieux.
Que ces mots de meschant, d'ingrat & de pariure,
Me sont dans vostre bouche vne vulgaire iniure,

Cependant il est vray que ie ne suis rien moins
Et bien tost mes malheurs vous en seront tesmoins,
Mais quoy que le repos regne en ma conscience
Si ne puis-ie endurer auecque patience
Des termes dont vn iour vous vous repentirez
Auec plus de raison qu'ils ne sont proferez,
Sur tout ie sens le coup d'vn poignard qui me frappe
A ce mot d'Assaßin, alors qu'il vous eschappe,
C'est de vostre iniustice, & de vostre rigueur
Le trait le plus mortel, qui m'ayt percé le cœur
Outre qu'auec horreur, mon esprit se figure
Qu'il est de consequence, & de mauuais augure,
Ne me donnez donc plus ô Reyne des beautez
Des tiltres si facheux, & si peu meritez,
Mais plustost s'il vous plaist commencez à m'a-prendre
Des secrets que ie brusle, & que ie crains d'entendre,
Rendez sur vostre sort, mon esprit esclaircy
Quel sujet vous ameine, & vous retient icy,
Bref perdez tout à fait mon ame espouuentée
Ou l'ostez du dedale, ou vous l'auez i'ettée.

DESPINE.

Ah l'innocent esprit!

MVSTAPHA.

Quels maux ay-je donc faits?

DESPINE.

Traiſtre tu fais ſemblant d'ignorer tes forfaits
Pour y pouuoir encore adiouſter l'impudence
Comme ſi leur merite eſtoit en l'abondance.

MVSTAPHA.

Et bien puis qu'il vous plaiſt ie ſuis traiſtre impoſteur.
Deſloyal, homicide, impudent & menteur,
Mais auec tout cela ie ne connoy de crime
Que la neceßité du malheur qui m'opprime.

DESPINE.

Ie voy bien, tes forfaits te ſemblent tous ſi beaux
Que pour auoir ſuiet de les trouuer nouueaux,
Ou de t'imaginer que tu les faits encore
Tu veux en les niant qu'on te les rememore,
Ainſi les grands voleurs au meurtre abandonnez,
Se plaiſent au recit des coups qu'ils ont donnez,
Soit donc puis qu'il te plaiſt que ie t'en entretienne
Prens encor cette gloire aux deſpens de la mienne,
Quoy deſchirer ma lettre auec brutalité
Dire à mon Gouuerneur indignement traité,
Que tu ne connois point cette foy d'Hymenée
Que tu t'en mocquerois quand tu l'aurois donnée,

Parler

Parler de mes faueurs en termes mesprisants
En faire le rieux, auec tes Courtisant.
Et traiter en Esclaue vne fille Royalle,
N'est-ce rien, ame lasche, ingrate, & desloyale?
Sont-ce des actions que tu puisses nier?
Ou qu'vn seul demy iour t'ayt deu faire oublier?
Bien bien, resiouis toy d'vn spectacle barbare
I'ay voulu rechercher la mort qu'on me prepare
Ayant ton Pere mesme à ma perte animé,
Afin qu'il me punist de t'auoir trop aymé.

MVSTAPHA.

Madame arrestez vous, si vous n'auez enuie
Que ie perde a vos yeux, & le sens, & la vie
Ie sens le desespoir, & ce qu'il fait d'efforts
Quand par les maux de l'ame, il surmonte le corps,
Ah Dieux! mais dites moy, quel monstre entre les hommes
A semé le desordre, & l'erreur ou nous sommes?
Quel meschant imposteur, ou quel mauuais demon
A pris pour vous tromper ma figure & mon nom?
Si i'ay receu de vous, ny lettre, ny message,
Si loin d'auoir tenu ce damnable langage
Ie n'ay parlé de vous, & plus souuent & mieux
Que deuant les autels on ne parle des Dieux!
Si iamais i'ay conçeu cette lasche pensée
De retirer la foy, que ie vous ay laissée,

N

Et ſur tout ſi iamais (hors vn amy diſcret)
Perſonne à ſceu de moy noſtre amoureux ſecret,
Ie rends les Elements de mes crimes complices
S'ils ne s'accordent tous à faire mes ſupplices
Que ceux qui vont en haut, & ceux qui vont en bas
Retournent pour me perdre à leurs premiers combas,
Que le Ciel me confonde, & bref que voſtre hayne
Soit mon dernier malheur, & ma derniere peine.

SCENE IV.

ALVANTE, ſuruenant la deſſus.

Les voila mais ſans doute ils ne ſont pas contents
Et i'en ſçay la raiſon.

DESPINE.

O Ciel, & tu l'entents
Et tu ne punis pas cet impudent blaſpheme?
Quoy fut-ce pas Aluante?

ALVANTE.

Ouy le voicy luy mesme,
D'agreable nouuelle agreable porteur
Luy qui de vos ennuis fut l'innocent autheur
Ouy Madame c'est moy, c'est moy mesme & nul autre
Qui cause innocemment, & son trouble & le vostre,
Ayant creu que le Ciel detestoit vos amours
I'ay voulu par adresse en trauerser le cours,
Pour cette occasion i'ay vos lettres rompuës

DESPINE.

Mais par l'ordre du Prince?

ALVANTE.

Il ne les à point veuës

DESPINE.

O Dieux!

ALVANTE.

Le seul Aluante à tout fait & tout dit
Pour vous emplir le cœur de hayne, & de despit,
Mais que l'esprit humain, à peu de connoissance
Et du vouloir du Ciel & de sa prouidence,
Il luy plaist auiourd'huy d'accomplir vos desirs
Et moy qui desormais, prens part à vos plaisirs,
Ie viens vous aporter ce message de ioye
Par le commandement du Roy qui vous l'enuoye

Regardez maintenant, s'il vous faut affliger.

DESPINE.

Quels prodiges O! Dieux!

MVSTAPHA.

Ah diuin messager.
Ta fourbe obtient de moy sa grace, & son excuse
Pourueu qu'en ce rencontre, vne seconde ruse
Ne me donne pas lieu de me plaindre de toy.

ALVANTE.

Non, non, sur ma parole, allons treuuer le Roy.

DESPINE.

Ie crains auec raison quelque nouuelle feinte
Car comme à t'il si tost & sa cholere esteinte,
Et porté sa pensée à me fauoriser?
Mon Pere on vous abuse, afin de m'abuser.

ALVANTE.

Ma fille, point du tout, ce vieillard venerable
Qui tantost d'vn accueil, & d'vn mot fauorable
M'a raproché du Roy dont i'estois rebuté.
A pour vos interests si long temps disputé
Qu'enfin le Roy vaincu des raisons qu'il à dites
(Et possible en faueur de ses propres merites)

D'vne levre riante, & d'vn œil adoucy
S'est tourné deuers moy pour me parler ainsi
Va vieillard va treuuer ta belle & grande Reyne
Mon cher fils l'entretient dy luy qui nous l'ameine,
Les plus iudicieux ne me blameront point
De ioindre encore mieux ce que l'amonr à ioint

MVSTAPHA.

Dieux, d'ou vient que le dueil, comme vn subit orage
Trouble mal à propos l'air de vostre visage?
Le soupçon de ma foy, cause t'il point en vous
Quelque iniuste regret de m'auoir pour espoux?

DESPINE.

Au contraire Seigneur, apres la connoissance
Que i'ay de mon erreur, & de vostre innocence
Ie croy meriter moins d'estre vostre moitié.

ALVANTE.

Laissez pour d'autres temps ces combats d'amitié
Et venez ou pour vous le destin se prepare
A faire quelque chose, & de grand, & de rare,

ACTE V.

SCENE PREMIERE

SOLIMAN, MVSTAPHA, DESPINE, ACMAT, OSMAN.

SOLIMAN.

Scene Equiuoque de Soliman.

Ovy, loin de rendre vains mille amoureux serments
Et donnez & receus entre ces deux Amans,
Loin de rompre le nœud qu'ils serrerent ensemble
Ie veux qu'vn plus estroit auiourd'huy les assemble.

ACMAT.

Ainsi vous vous donnez le repos & la paix,

SOLIMAN.

Ie le sçay bien Acmat, c'est pourquoy ie le fais
Ce n'est pas Mustapha que mon cœur n'y resiste,
Cette sorte d'hymen me deplaist & m'attriste
Mais par raison d'Estat, ie le feray pourtant
Plustost que par dessein de vous rendre content.

MVSTAPHA.

O le plus grand des Roys, & le meilleur des Peres
Ainsi vous soient tousiours toutes choses prosperes,
Comme vous obligez cette Princesse & moy
A vous garder tousiours le respect & la foy.

DESPINE.

Ah Seigneur couronnez cette faueur insigne
D'vne autre dont encor ie m'estime peu digne
Permettez qu'à genoux, ie baise encor ces mains
Sous qui tremble desia la moitié des humains.
Et qui bien tost sur l'autre estendront leurs conquestes.

SOLIMAN.

C'est trop il nous sied mal, sçachant ce que vous estes Il la releue
De voir à mes genoux le sang du Roy Thacmas
Et de plus le suiet ne le merite pas.

MVSTAPHA.

Sire c'est à vos pieds que ie prens la licence
D'esclaircir vostre esprit auec mon innocence.

SOLIMAN,

Leuez vous, & brisons ces discours superflus
Vous pouuez bien penser que ie n'y pensé plus
Et verrez par vn trait bien digne de memoire
Qui ie n'en ay rien creu que ce qu'il en faut croire
Non non ne parlez plus de vous iustifier,
Parlons d'aller au Temple & d'y sacrifier,
Pour obliger le Ciel à vous estre propice
Entrez Entrez Osman, & bien le sacrifice?

OSMAN.

Sire i'en suis tesmoin; tout est prest dez long temps
Et l'autel & le Prestre, & les trois aßistans.

SOLIMAN.

Il luy parle à l'oreille. *Osman aprochez vous.*

DESPINE.

O l'auanture estrange
Dieux comme en peu de temps, la fortune se change!

MVSTAPHA.

Acmat cet entretien me donne à ſoupçonner.

ACMAT.

Pourquoy? ie n'y voy rien qui vous doiue eſtonner
C'eſt homme eſt à Ruſtan, & le Roy ie m'aſſure
Luy demande en ſecret l'eſtat de ſa bleſſure

SOLIMAN.

Faites mais promptement.

OSMAN.

Ie vay m'en acquiter.

SOLIMAN.

Vn affaire preſſant, m'oblige à vous quiter
Ne vous ennuyez pas couple d'Amans fidelles,
Si les preſents noueaux ont des graces nouuelles
Ie vay vous enuoyer vn meuble precieux
Qui vous doit occuper les eſpris & les yeux,
Vous Acmat ſuiuez moy, ces amoureuſes ames
Pourront mieux ſans teſmoin entretenir leurs flames.

SCENE II.

MVSTAPHA, DESPINE.

DESPINE.

DIeux, le Prince paslit ie crains quelque malheur
Seigneur d'ou peut venir cette morne pasleur.
Qui du teint de la mort à peint vostre visage?

MVSTAPHA.

Ah que ce mot encore est de mauuais presage.

DESPINE,

Quoy vous trouuez vous mal? ou si c'est qu'à mon tour
Il faut que ie vous fasse vn reproche d'amour?
Au lieu de tesmoigner vne excessiue ioye
Du bien inesperé que le Ciel nous enuoye,
Vostre œil s'est obscurcy, vostre teint à changé
Comme si nostre hymen vous auoit affligé.

MVSTAPHA.

Ah ne m'imposez pas vne peine plus grande
Que celle que ie sens du coup que i'aprehende,
O diuine beauté, pleut il pleut il au sort
Que vous fussiez en Perse, & que ie fusse mort.

DESPINE.

Ie ne puis deuiner quelle estrange aduanture
Vous oblige à des vœux de semblable nature.

MVSTAPHA.

Aussi n'auez vous pas obserué comme moy
Les diuers mouuements du visage du Roy,
Vous n'auez pas pris garde à ce sens Equiuoque
Qui fait qu'en nous flattant il semble qu'il se mocque
Sur tout i'ay remarqué qu'au sortir de ce lieu
Son œil m'a semblé dire vn eternel Adieu
De rage, ou de pitié deux larmes eschapées
En ont visiblement les paupieres trempées.

DESPINE.

Mais pourquoy nous flatter, luy qui peut d'vn clin d'œil
Nous enuoyer tous deux de la chambre au cercueil?
Quel fruit espere-t'il d'vn si lasche artifice?

MVSTAPHA,

Le plaisir d'agrauer nostre dernier suplice
Par le sanglant despit, & la confusion
Qui suiuent le mespris & la derision.

DESPINE.

C'est donc moy seulement que sa hayne regarde
Car pour vous cher amant la nature vous garde
Si ce n'est que mon crime ou plustost mon amour,
Ne luy soit vn suiet de vous priuer du iour,
Ou que sçachant peut-estre à quel point ie vous ayme
Il veuille en vous perdant perdre vn autre moy mes-
me,
Et par ce chastiment iniuste & non commun
Me donner deux arrests & deux trespas pour vn
Que si pour vous sauuer.

MVSTAPHA.

N'acheuez pas le reste
D'vn discours tout ensemble obligeant & funeste
Cette preuue d'amour en l'estat où ie suis
En augmentant la mienne, augmente mes ennuis
Mais changeõs de propos, on vient d'ouurir la porte.

DESPINE.

C'est le present du Roy qu'vn Page nous apporte.

PAGE.

Grand Prince en attendant vos ornements Royaux
Receuez s'il vous plaist quelques rares ioyaux,
Que de la part du Roy i'aporte à vostre Altesse
Pour en parer dit-il, vous & vostre Maistresse.

MVSTAPHA.

Il faut que le present soit d'vn prix nompareil
Puis que vous l'aportez auec tant d'apareil
Leuez donc ce drap d'or & voyons ce qu'il cache.

DESPINE.

O spectacle mortel.

MVSTAPHA.

Vne trenchante hâche
Des liens, & du linge à nous faire vn bandeau!
O don, si tu n'es riche, au moins es tu nouueau.

PAGE.

Auec vostre congé, Seigneur, ie me retire
Mais vous comprenez trop ce que ie n'ose dire.

MVSTAPHA

Enfin le voicy donc ce meuble precieux
Qui deuoit occuper nos esprits & nos yeux,

Quelle occupation, quel meuble, & quelle veuë
O present, dont sur tout le partage me tuë,
Present, accompagné de crainte & de terreur
Present, qui fais fremir la Nature d'horreur,
Et qui tesmoignes bien que le Ciel abandonne
Celuy qui le reçoit, & celuy qui le donne.

DESPINE.

Ces transports de douleur me semblent cher Espoux:
Dignes de vostre sort mais indignes de vous,
Alors qu'en vn combat vostre extresme vaillance
Vous gagna mon estime auec ma bienueillance,
Vouc traitastes la mort auec tant de mespris
Que dez la ie vous creus, & sans peur, & sans prix,
Pourquoy n'usez vous donc de la mesme constance
En vne occasion de pareille importance?

MVSTAPHA.

Alors chere beauté, ie n'estois pas Amant
Mais la Parque auiourd'huy nous frape egalement
Et cette circonstance est le masque terrible
Qui me la fait treuuer plus dure, & plus horrible,
Il se retire en vn coin du Theatre. *Voicy le traistre Osman suiuy de ses soldats*
Serrez vous contre moy.

SCENE III.

OSMAN, MVSTAPHA, DESPINE.

OSMAN, à ses satellites.

Vous donc n'y manquez pas.

MVSTAPHA.

Osman, n'aprochez point faites moy cette grace.

OSMAN.

Seigneur excusez moy, s'il faut que ie le fasse
C'est de la part du Roy.

MVSTAPHH.

Ie dois croire que non
Puis que le Roy mon Pere est trop iuste & trop bon
Pour me faire mourir contre toutes les formes
Et creut-il mes forfaits encore plus enormes.

OSMAN.

C'est son ordre pourtant & vous le sçauez bien.

MVSTAPHA.

Ie vous ay desia dit que ie n'en croyois rien.
C'est l'ordre des meschans à qui l'affaire touche
Ie n'en receuray point que de sa propre bouche,
Et si quelqu'vn de vous entreprend d'aprocher
Il ne fit iamais pas qui luy coustat si cher.

OSMAN.

Faire rebellion, & se mettre en defence
C'est vouloir entasser offence sur offence
Et vous ferez bien mieux.

MVSTAPHA.

Impudent discoureur.
Tu sçauras si mon bras.

OSMAN.

Euitons sa fureur.

MVSTAPHA.

La cholere m'emporte à l'aspect de ce traistre
Il va pour fraper Osman. *Qui trempe à nostre mort aussi bien que son maistre.*

DESPINE.

Telle estoit des Heros la vaillante chaleur
Mais quand nostre puissance esgaleroit la leur,

Pouuons

Pouuons nous tenir bon en l'estat ou nous sommes
Contre vn Roy qui commande à tant de milliers d'hommes,
C'estoit à vos amis à faire sousleuer
Et le Camp & la ville, afin de nous sauuer
Mais ne l'ayant pas fait nostre esperãce est morte.

MVSTAPHA.

On ne presseroit pas mon trespas de la sorte
Si le Roy n'auoit crainte, ou s'il ne connoissoit
Qu'on veut me deliurer à quel prix que ce soit
Si bien que mes amis par des soins qui me nuissent
Auancent les desseins de ceux qui me destruisent.

DESPINE.

Grand Dieux c'est maintenant que nous sommes perdus
Nos ennemis plus forts viennent les arcs tendus.

OSMAN, & ses Soldats pour la deuxiesme fois.

SCENE IV.

OSMAN.

ADuancez Compagnons la fleche sur la corde
Et tirez sans respect ou sans misericorde,
Suiuant l'ordre du Roy, qu'il faut effectuer
Nous deuons à ce coup les prendre, ou les tuer.

MVSTAPHA.

Commencez donc Meurtriers, couurez moy de vos flesches
Afin que mon esprit sorte par mille bresches,
Mais pour me prendre vif, n'aprochez point de moy
Ou le fer que ie tiens

SOLIMAN, mettant la teste
à la fenestre.

Mustapha!

DESPINE.

C'est le Roy
Voyez à la fenestre.

MVSTAPHA.

Ouy c'est luy qui m'apélle.

SOLIMAN.

Vous faites hors de temps, le braue, & le rebelle
Desormais ces efforts sont vains, & superflus
Donnez donc vostre teste & ne contestez plus.

MVSTAHA.

Ah Sire s'il est vray que vous m'ayez fait naistre
Mais le cruel qu'il est à fermé la fenestre
De peur que mon discours, ne vint à l'emouuoir.

SOLIMAN.

Ie l'ouure encore vn coup pour vous faire sçauoir
Que si i'entens de vous ny murmure ny plainte,
Si le moindre des miens en reçoit vne attainte
Le corps de vostre Amante exposé tout vn iour
Seruira de spectacle aux Pages de ma Cour.

MVSTAPHA.

O menace effroyable! ô rigoureux ſuplice.

DESPINE.

Il ſufit, qu'on vous traicte auec peu de Iuſtice
Sans qu'on me traicte encore auec indignité,
Mais cedons cher Amant à la neceßité,
Quittez donc cette hache, en qui voſtre innocence
Ne rencontre außi bien qu'vne foible defence
Non non, à mon aduis, il eſt plus à propos
Tant pour noſtre vertu que pour noſtre repos,
D'apriuoiſer la Mort en payant de conſtance
Que de l'effaroucher en faiſant reſiſtance,
Mettez les armes bas, vn ſemblable malheur
A beſoin de conſtance, & non pas de valeur,

OSMAN.

A ſes Soldats. *Enfin il ſe rendra.*

MVSTAPHA.

Bien donc ie m'abandonne
Oſman fay deſormais ce que le Roy t'ordonne.

VN SOLDAT.

Seigneur ou vous lira ſi vous le permettez.

MVSTAPHA.

Accablez moy de fers, prenez vos seuretez
Pourueu que par ma charge elle soit soulagée.

DESPINE.

Non non, ie ne veux point ny leur estre obligée
Ny souffrir en mourant vn traitement plus doux On les lie separement.
Que celuy que leurs mains exercent enuers vous.

MVSTAPHA.

O! mes fiers ennemis quel demon vous conseille Il dit ces vers regardant à la fenestre ou à l'endroit ou Soliman à paru, car cela s'entent de Rustan, & de la Sultane.
De perdre aueçque moy cette rare merueille
Elle qui ne deuoit en aucune façon
Vous mettre dans l'esprit la crainte ou le soupçon,
Elle qui parmy nous n'eut empesché personne
D'affecter les honneurs, les biens, ou la Couronne,
Elle enfin dont le crime est de m'auoir chery
Si c'est crime d'aymer vn malheureux Mary,
Ainsi mon seul respect vous la rend criminelle
Et par contagion mon malheur passe en elle.

DESPINE.

C'est plustost nostre hymen qui vous rend criminel Icy le Page entre.
Et qui vous fait l'obiet du courroux Paternel,

Ainsi l'ardente amour que vous m'auez portée
A causé vostre perte, & l'a precipitée,
Mais vn Page du Roy tire Osman à quartier
Ne desesperons pas, il luy donne vn papier.

MVSTAPHA.

Nostre sort en tout cas ne sçauroit estre pire.

OSMAN.

Ouy Page on le fera selon qu'il le desire.

MVSTAPHA.

Et bien que veut le Roy?

OSMAN.

Il luy presente le billet.

Voyez le s'il vous plaist.

MVSTAPHA.

Mustapha lit. Osman, depeschez vous;

DESPINE.

O Dieux!

MVSTAPHA.

Ie suis tout prest

Il passe le premier & rentre. *L'eschafaut est-il loin?*

OSMAN.

Dans la salle prochaine.

MVSTAPHA.

Nous irons à la mort auecques moins de peine.

SCENE V.

SVLTANE, ORCAMBRE.

ORCAMBRE.

PVis qu'elle veut sçauoir les secrets de mon Art
Pour luy me (dit il) ce liure de ma part,
Dont les sacrez feuillets sont autant de peintures,
Qui luy marquent au vray toutes ses aduentures
Sous des portraits obscurs ou l'on ne connoit rien
Et sous de naturels; qu'elle connoistra bien
C'est ainsi que le Ciel à permis qu'elle voye
Ce qui peut aduancer sa tristesse ou sa ioye,
Et bien l'auez vous veu?

Elle entre tristement auec vn grand liure à la main.

SVLTANE.

Ie l'ay veu, ie le voy
Et ne trouue par tout que des sujets d'effroy.

Mais apres ceste triste & derniere figure
Quels mots treuue-ie escrits?

ORCAMBRE.

Faites en la lecture.

SVLTANE.

ORACLE.

La Reyne lit tout haut ces Vers.

De ces portraits obscurs, & si mal figurez
Le visage inconnu deuiendra connoissable
Quand de sa propre main, la Parque impitoyable
Du sang de ton cher fils les aura colorez.

O detestable Oracle, O. Mere infortunée
Par la mort de tes fils, à la mort destinée,
Donc mon dernier espoir, mon aymable Selin
Aura comme son frere, vne tragique fin,
Celle de Mustapha, que i'ay tant poursuiuie
N'asseurera donc pas ma fortune & sa vie,
Ah crainte, ah desespoir, ah mortelle douleur!
O Liure qui predis, & qui portes malheur
Non tu ne fus iamais vn ouurage Celeste
Va reporte aux Enfers ta peinture funeste,
Ah Dieux que rudement vous me voulez punir
Du soin trop curieux d'aprendre l'aduenir.

ORCAMBRE.

Madame Hyarbe est homme.

SVLTANE.

Ouy mais homme Prophete,
Des volontez du ſort veritable interprete
Et tel pour mon malheur, que viuant comme il vit
Il oblige le Ciel à faire ce qu'il dit.

SCENE VI.

HERMINE, ALICOLA, SVLTANE, ORCAMBRE.

HERMINE.

SA bonté pour le moins fait que ie m'imagine,
Que vous luy parlerez.

Parlant à la vieille qu'elle introduit pour parler à la Reyne, il faut qu'elles entrent ſur le Theatre par le meſme endroit que Muſt. ſera ſorty pour aller à la mort

ALICOLA.

Suffit.

REYNE.

Et bien Hermine
Ruſtan, eſt il touſiours comme ie l'ay quité?

Q

HERMINE.

Plus foible, & plus muet qu'il n'a iamais esté
A peine sa vigueur pouuoit elle suffire
A trois ou quatre mots, qu'il s'efforçoit d'escrire.

SVLTANE.

Et le Roy que fait-il?

HERMINE.

Il vient de s'enfermer
Auec vn desespoir qu'on ne peut exprimer,
Car plus la bienseance à ses douleurs contraintes
Plus il pousse en secret, de souspirs & de plaintes

SVLTANE.

Et le Prince?

HERMINE

Ah Madame il est mort autant vaut.

SVLTANE.

O Dieux!

HERMINE

Desia Despine, estoit sur l'eschaffaut
Les cheueux retroussez, & les espaules nuës
Quand cette femme & moy, nous en sommes venues.

SVLTANE.

Quelle femme?

HERMINE.

Aduancez.

SVLTANE.

Qu'elle aduance, & pourquoy?

ALICOLA.

Pour la gloire du Ciel, pour le repos du Roy,
Pour celuy de l'estat, & de ma conscience. se iettant à genoux.

SVLTANE.

Le fait merite bien qu'on luy donne audience.
Parlez,

ALICOLA.

Mais le secret ne veut estre esclarcy.

SVLTANE.

I'ente s, retirez vous, Hermine & vous aussi. Parlant à Orcambre.

ALICOLA

Puissante Majesté si l'amour ne m'excuse
I'attens la mort de vous, & du Roy que i'abuse,
Ce n'est pas d'auiourd'huy que i'ay sceu les moyens
D'oster à Mustapha, les honneurs & les biens,
Ie l'ay pû dés vingt ans, mais quoy qu'il m'en ad-
uienne
Il a fait ma fortune, & i'ay souffert la sienne,

Depuis neuf ou dix ans que ie le suy par tout
I'ay couru l'Orient de l'vn à l'autre bout.
Et ie venois encore auec cette esperance
De voir trembler la Perse au bruit de sa vaillance,
Mais helas puisqu'au lieu d'assuiettir autruy
L'impitoyable Parque à triomphé de luy
Ie voy bien que le Ciel à permis sa disgrace
Afin que le fardeau du grand Sceptre de Trace,
Qu'il destine à regir l'vniuers tout entier
Ne chargeât point les mains d'vn iniuste heritier.

SVLTANE.

Comment! osez vous bien, encore en ma presence
Vous moquer de moy mesme, auec tant d'impudẽce?

ALICOLA.

Il n'est point fils de Roy.

SVLTANE.

Quoy! ne sçait-on pas bien
Qu'il l'eut de la Circasse vn peu deuant le mien?

ALICOLA.

Croyez qu'il n'eut iamais la Circasse pour Mere
Ny le grand Soliman pour veritable Pere,
L'enfant dont vous parlez (quoy qu'on vous en ayt dit)

Mourut le mesme iour que le vostre nasquit
Si bien que la Circasse, ambitieuse, & fine
Fit tant que la Nourrice (on l'apelle Aydine)
(Et nous nous connoissons dez nos plus ieunes ans)
M'enuoya l'enfant mort auec force presens
Par vn certain Escaue appellé Cephalisse,
Qui me dit de sa part que ie l'enseuelisse,
Et me pria sur tout que pour le iour suiuant
Par mon inuention il en eust vn viuant,
Il l'eut, & la Circasse extremement adroite
Mena si bien la fourbe & la tint si secrette,
Que Mustapha luy mesme à tousiours ignoré
Ce qu'apres son trespas ie vous ay declaré.

SVLTANE

L'aduanture est estrange, & l'enfant, bonne femme
Estoit sans doute à vous?

ALICOLA,

Non, tres-puissante Dame.

SVLTANE.

A qui donc?

ALICOLA.

Ie ne sçay.

SVLTANE.

Vous l'auiez enleué.

Peut estre?

ALICOLA.

Excusez moy, mais ie l'auois treuué
Ou plustost le hazard sans que ie m'en meslasse
Me l'auoit mis en main.

SVLTANE.

Ce discours m'embarrasse

ALICOLA.

Ie l'eus sans y penser d'vn Esclaue inconnu
En eschange du mort que i'auois retenu.

SVLTANE,

Il sort en haste.

Dieux qu'est-ce que i'entens, hola Valet de Châbre.

ORCAMBRE.

Que vous plaist-il Madame?

SVLTANE.

Aprochez vous, Orcambre.
Songez, regardez bien la femme que voicy
Ne l'auez vous point veuë en d'autres lieux qu'icy?
Et toy femme dy moy pourrois tu reconnoistre
L'homme dont nous parlons s'il venoit à parestre?

ALICOLA.

Le temps aura changé son visage & le mien
Ie ne sçay.

SVLTANE.

Regardez, considerez vous bien

ORCAMBRE.

Madame à dire vray ma memoire m'abuse
Oui'ay de cette vieille vne image confuse

ALICOLA,

Madame, assurément sur la foy de mes yeux
Voila ce mesme Esclaue, Ouy c'est luy mesme.

SVLTANE.

O Cieux.

ALICOLA.

Celuy dont i'eus l'enfant est en vostre presence

ORCAMBRE.

Que dis-tu? Quel enfant?

ALICOLA.

Celuy que dans Bisance
Tu m'aportas viuant en de tres riches draps,
En eschange du Mort que i'auois dans mes bras.

ORCAMBRE.

Que te donnay-ie encore?

ALICOLA.

Attens, cette ceinture
Que i'ay tousiours sur moy depuis cette aduanture
Voy, la reconnois-tu?

SVLTANE.

Ciel qu'est-ce que ie voy.

ORCAMBRE.

O Sort!

ALICOLA.

Est-ce elle mesme?

ORCAMBRE.

Ouy c'est elle, ouy c'est toy
Toy mesme assurement à qui ie l'ay donnée.

SVLTANE.

Icy elle s'es. crie fort haut *O! miserable Enfant, O Reyne infortunée.*

HERMINE, sort au cry de la Reine.

Quels cris ay-ie entẽdus? Madame qu'auez vous?

SVLTANE.

Helas vous l'allez voir venez, suiuez moy tous

HERMINE.

Dieux que sera cecy, le desespoir l'emporte
Mais vn Page du Roy qui l'arreste à la porte,
Luy presente vn papier, & luy parle tout bas.

OR

ORCAMBRE.

C'est quelque autre secret que nous ne sçauons pas.

SVLTANE.

Page dites au Roy qu'en ce nouueau malheur Apres auoir leu le billet.
Ie souffre autant que luy de perte, & de douleur,
Et que par vn effet de preuue indubitable
Il connoistra dans peu que ie suis veritable,
Orcambre c'est de moy que vous saurez tantost
Ce que cette Estrangere a fait de son depost,
Menez la cependant dans la chambre voisine.
Enfin le Prince est mort chere & fidelle Hermine
D'ou vient que par ce Page ayant sçeu son trespas.
Vn contraire dessein arreste icy mes pas,
Il est mort, & de plus O destin pitoyable!
Il est mort innocent & Rustan meurt coupable
Voy, comme ce meschant en aduertit le Roy
Par ces mots trop tardifs, & trop dignes de foy.

HERMINE, lit la lettre de Rustan mourant.

Effrayé de la peur d'vn suplice eternel
Ie confesse auoir fait la detestable lettre
Qui rend enuers le Roy, le Prince criminel,

Si l'estat ou i'estois eut pû me le permettre
I'eusse donné plustost, cet adueu solemnel.

Osman auec Ormin, esclarcira le reste
De ce secret funeste.

O Ciel il est tres-vray qu'vn accident pareil
Deuroit faire d'horreur esclipser le Soleil,
Mais à considerer les malheurs qui le suiuent
Ie plains bien moins les morts, que ceux qui les suruiuent
Tant ie crains pour le Roy qu'il n'en meure d'ennuy.

SVLTANE.

Hermine, ce malheur me touche autant que luy
Que si par de hauts cris, & d'excessiues plaintes,
Ie n'en tesmoigne pas les mortelles attaintes,
Aprens que pour vn temps les extremes douleurs
Estourdissent l'esprit, & restraignent les pleurs,
Suffit que Soliman auant que le iour vienne
Connoistra ma douleur si semblable à la sienne
Que tel qui me deteste, & mon ambition
Passera de la hayne à la compassion.

HERMINE.

Mais la Cour desormais doit estre satisfaite
De la confession que l'Imposteur à faite,

Par ou vous deschargeant, cet esprit detesté
Garde encor la iustice à vostre Majesté,
Qui plaingnant Mustapha comme le fils d'vne autre
Fera ce qu'elle doit pour son bien & le nostre.

SVLTANE.

Mon dueil m'oblige bien à de plus grands efforts
Qu'à plaindre le destin, des viuants, ou des morts,
Icy sçauant Hyarbe, icy tes Propheties
A la derniere pres, sont toutes esclaircies,
Il faut donc l'accomplir, Hermine cours en haut
Et dans mon Cabinet apreste ce qu'il faut
Pour faire vn mot au Roy de qui ie suis en peine.
Va viste, & ie te suy.

Ces trois vers se disent cõme vn sentimens caché.

HERMINE.

I'obey grande Reyne.

SCENE VII.

SOLIMAN, ALVANTE, ACMAT.

ALVANTE.

ET c'est ainsi grand Roy que pensant les guerir
I'ay trauaillé moy mesme à les faire perir,

SOLIMAN.

Ah ie connoy trop tard qu'ils n'ont fait autre crime
Que me tenir secrette vne amour legitime,
Quels Royaumes offerts quels articles de Paix
Te pourront reparer le tort que ie te fais,
Malheureux Roy Tacmas, dont l'illustre Heritiere
A treuué dans ma Salle vn sanglant Cimetiere,
Mais puisque du malheur ie souffre la moitié
Ma propre affliction te doit faire pitié,
Tu pers ie le confesse vne vaillante fille
Et moy ie pers vn fils l'honneur de ma famille,

Si bien que l'accident entre nous diuisé
Me doit faire à ta grace vn chemin plus aysé,
Quitons donc desormais, & la hayne & les armes
Tirons au moins ce bien du suiet de nos larmes.
Que ceux que l'Orient à tant veu quereler
S'accordent pour se plaindre, & pour se consoler.

ALVANTE.

Helas il n'est plaisir en quelque temps qu'il vienne
Qui console iamais sa douleur ny la mienne.

ACMAT, suruenant chaudement.

Sire le coup est fait, Osman est arresté
Qui confirme l'adueu de la meschanceté,
Et iusque au moindre chef en descharge la Reyne

SOLIMAN.

Dieux c'est bien en cecy que la sagesse humaine,
Peut estre comparée, à la garde d'vn Fort
Qui sur la foy d'vn traistre indignement s'endort,
Icy fidelle Acmat sous ombre de franchise
Ces perfides flatteurs ont ma raison surprise
O! faute irreparable!

ACMAT.

Il faut doresuauant
Empescher que le mal ne passe plus auant,

Baiazet, & les siens entrez par les fenestres
Sont dans la grande Court, qui demandẽt les traistres
Pour moy c'est mon aduis qu'on les aille apaiser.

SOLIMAN.

Acmat suiuez le donc, qu'on les aille exposer
Et leur dites de plus que ma douleur extresme
A leur iuste fureur m'abandonne moy mesme
Parlant d'Aluante. Ie m'en vay chez la Reyne enfermer mon ennuy
Emmenez ce vieillard, & qu'on ayt soin de luy.

SCENE VIII.

SOLIMAN, ORCAMBRE.

ORCAMBRE.

LA rencontre du Roy m'espargnera la peine,
De le chercher plus loin.

SOLIMAN.

Que dit? Que fait la Reyne
Orcambre?

ORCAMBRE.

Puiſſant Roy, ces mots qu'elle a tracez,
Si vous daignez les voir, vous le diront aſſez.

SOLIMAN, apres auoir leu bas.

Dieux que ſera cecy! Quelle eſtrange aduanture!
Orcambre, tire moy de cette nuict obſcure.
Oſte moy du dedale ou ſe pert mon eſprit

ORCAMBRE.

Ouy Seigneur ſi ie puis!

SOLIMAN.

Oy ce qu'elle m'eſcrit. Il liſt tout haut.

Lettre de la Sultane à Soliman.

Adieu mon Cher Eſpoux, mon extreme miſere
Ne peut auoir de fin qu'en celle de mes iours,
Ie ſuis de Muſtapha, la veritable Mere
Qui de ſa belle vie ay terminé le cours,
Orcambre apres ma mort, & la vieille Eſtrangere
Vous pourront eſclaircir la nuict de ce diſcours.

ORCAMBRE.

Ah Sire ce diſcours eſt de trop longue haleine
Il faut ſonger pluſtoſt à conſeruer la Reyne,

Qui doit perdre à la fois le sens, & la clarté
Si ma doute est d'accord auec la verité.
Puisque la mort pour elle, est vn bien souhaitable
Si le mal que ie crains, se trouue veritable.

SOLIMAN.

O Ciel que de malheurs, l'vn à l'autre enchainez
Vont rendre pour iamais mes iours infortunez
La perte de mon fils ne peut elle suffire
A destourner de moy, les restes de ton ire.
Allons, courons, Orcambre ou le sort en fureur
Nous garde encor peut estre, vn spectacle d'horreur.

Baiazet entrant furieusement l'espée à la main.

SCENE IX.

BAIAZET.

SVs sus braues guerriers, à la vangeance, aux armes
Faisons couler vn fleuue & de sang & de larmes,

ACMAT.

Ha vaillant Baiazet.

BAIAZET.

Acmat ne craignez rien

Ie n'en veux qu'aux meschants, & ie vous connoy bien

ACMAT.

Grand Prince en ce peril, ma peur ny ma priere
Ne sont pas pour ma vie.

BAIAZET.

Arriere donc arriere
Car enfin vainement vous pririez pour autruy
Quoy les seuls innocens mourront donc auiourdhuy?

ACMAT.

Ie voy des Criminels les deux testes coupées
Que portent vos Soldats aux bouts de leurs espées?

BAIAZET.

Ouy, c'est teste pour teste, & trespas pour trespas
Mais les proportions ne s'y rencontrent pas,
Et pour la dignité de l'vne, & de l'autre ombre.
Il faut que leur victime ayt son prix par le nombre,

Il faut de mille corps en sacrifice offerts
Pour deux que nous perdons ensanglanter nos fers,
Il faut de la marastre à iamais detestée
Faire aux yeux du Tyran qui l'à trop escoutée,
Vn exemple effroyable aux Reynes aduenir.

HERMINE, sortant de la Chambre de la Reyne.

Helas elle est à plaindre & non pas à punir
La mort de Mustapha l'a si fort affligée
Quoy que les imposteurs l'en ayent trop d'eschargée,
Que de ce gros poinçon où brille vn diamant
Qui de ses beaux cheueux fut le riche ornement,
Se transperçant le cœur d'vne main violente
Elle à fait vn passage à son ame innocente.

BAIAZET.

Quoy vos yeux sont tesmoins qu'elle à perdu le iour?

HERMINE

Et passé chez les morts sans espoir de retour.

ACMAT.

O fortune!

HERMINE.

Et le Roy qui se lasse de viure.

Si l'on n'y met bon ordre est tout prest à la suiure.

BAIAZET.

Vous autres qui l'aymez, vous pouuez s'il vous plaist
Luy rendre ce deuoir tout iniuste qu'il est.

ACMAT.

O iour noir d'accidents, horribles & funestes!
Solyman, Solyman, qu'as tu fait aux Celestes?

BAIAZET, aux siens.

Compagnons suiuez moy! perdons, saccageons tout
Desertons ce Palais de l'vn à l'autre bout,
Que tous les seruiteurs, & les proches des Traistres
Portent l'iniquité des parents & des Maistres,
Que l'ardeur de tuer par le meurtre croissant
Confonde le coupable auecques l'innocent.
Et que cette vangeance, en cruautez celebre
Soit à nostre Heros vne pompe funebre,
Mesme afin qu'vn si iuste & si prompt châtiment
Passe iusqu'aux suiets priuez de sentiment,
Que le perfide sein de cette Terre infame
Soit laué par le sang & purgé par la flâme.

FIN

www.ingramcontent.com/pod-product-compliance
Ingram Content Group UK Ltd.
Pitfield, Milton Keynes, MK11 3LW, UK
UKHW021106290826
14628UKWH00014B/849

9 782019 135843